繪／阿蟬

魔豆

魔豆

Priest of Light
光之祭司

9 vol.

[完]

香草——著

光之祭司

Priest of Light

9

[完]

目錄

丹尼爾
半精靈，弓箭手。
擁有空靈的外貌，卻個性彆扭，行事粗魯。
布倫特
龍族（火龍）。
冒險團隊隊長，高大健壯，沉穩又可靠。
Priest of Light
光之祭司
CHARACTERS

艾德
人族祭司。
體弱多病，但身懷強大的光明之力。
埃蒙
獸族（猞猁）。
活潑開朗，並極有殺手天賦。
貝琳
獸族（獰貓）。
外表溫柔，性格卻頗為強勢。擅長各種武器。

✧ 楔子

短短一個多月的時間，魔法大陸上可謂風起雲湧。時局變化之快，讓很多人感到無所適從。

這段時間發生了很多事情，結界的崩潰爲魔法大陸上各種族敲響了警鐘，他們當機立斷地增派軍隊駐守邊界的聚居地。

這些布置立即起了作用，結界破損、魔法大陸經歷了暴風雨前的寧靜後，某天深淵突然出現了恐怖異狀！

一抹不可名狀、散發著死亡氣息的黑影佇立在黑洞般的深淵上方，隨即大量魔族彷彿受到召喚一樣從深淵擁出！

結界毀壞後的短暫平靜難免讓駐守聚居地的軍隊有些鬆懈。

所幸他們都是菁英部隊，還不至於在突襲中手忙腳亂。再加上聚居地本就是冒險者聚集之處，早已集結了一股不弱的民間戰力，成功擋住了魔族這一波的進攻。

即使如此，他們也付出了很大的代價。那些被死氣污染的屍體不能久放，也沒有逐一替他們淨化的時間，只能簡單地挖一個坑，把屍體全堆放進去集體焚燬。焚燒屍體的火焰足足燒了一整天，可見這場突如其來的戰鬥死傷有多慘重。

經此一役，眾人不再心存僥倖，與魔族的大戰勢在必行。

即使在這場戰爭中獲得勝利，也無法讓人開心起來。

這次攻擊後，魔族再次沉寂，各種族卻不敢掉以輕心，畢竟誰也不知道深淵的另一頭還有多強悍的戰力。

他們知道這只是魔族的一次試探，下一次的進攻只怕更加猛烈。

何況還有那抹一直停佇在深淵上方的不祥黑影，就像是籠罩在心頭揮之不去的烏雲似地，無時無刻不在提醒著黑暗將會隨時降臨。

隨著時間的流逝，飄浮於深淵之上的不祥黑影彷彿凝實了幾分，讓人窒息的壓力也變得更加強烈。

各種族的首領再也坐不住，親自帶領兵力往深淵趕去，準備迎接最後的決戰！

這一波突襲雖然過去了，可是作爲戰場的城鎮卻因土地被污染得太過嚴重而不得不放棄。

除了光元素以外，精靈族的自然之力也可以淨化死氣，卻遠遠不及光明力量對死氣的壓制。面對這種程度的污染，精靈族只能搖頭嘆息。

至於唯一能夠使用光明力量的黃金龍，須專注爲傷者驅除入侵傷口的死氣，實在分身乏術。黃金龍的力量雖強，但是以攻擊爲主，對於驅散與治療這種技術活難免有些力不從心。

多年來花費不少人力物力才奪回的地方，想不到一次交手便再次失去，眾人都心痛得要滴血了。

這時候不知道是誰提起了那名已經死去的人類祭司，惋嘆若對方還在，便能輕易以光明之力驅除盤踞在城鎮上的死氣，他們也不會一個照面便被敵人奪去一城。

可是人都已經死了，再惋惜也沒用。戰爭仍在繼續，人們只能往前看。

然而禍不單行，就在各族全力防備深淵來的攻擊時，突如其來的疫情卻在魔法大陸上迅速蔓延！

一開始是某座小鎮的食水被污染，人們身染死氣而病倒。病人很快便失去理智襲擊身邊的人，受傷的人隨即受到感染，一傳十、十傳百，疫情逐漸失控。

這情況讓人想到不久前潛伏在河水裡的變異魔蟲，它們從傷口進入人體，就連獸王也中招了。

幸好感染的人們沒有異變成妖魔，但症狀到了後期會陷入昏迷，要是不管不顧，失去性命也只是時間問題而已。

眾人不敢輕視這場疫症，立即派人到當地了解。在調查鎮內所有水源後，卻完全沒有發現魔族與變異妖獸的蹤影，可是水源確確實實被死氣污染了。

調查團隊一籌莫展之際，有些中毒不深、在救治後恢復了意識的當地居民提供了有用的情報：他們曾看見有妖精族往井中投放藥劑！

所有得知此事的人都驚呆了！

根據居民形容，那是一個有著金綠色眸子的妖精。因爲那孩子的眸子很美也很特別，與其他琥珀色眸子的妖精不同，因此才忍不住多注意對方幾分，結果便看到對方好像往井裡丟了些東西。

雖然沒有看清楚那妖精到底倒了什麼進井裡，可是卻看到那孩子離開時，手裡拿著一個空了的藥瓶。

居民感到有些奇怪，只是井水看起來沒有異樣，便沒有在意，只以爲自己看錯了。

結果當天城鎮就出事了，而且最先出現騷亂的正是使用井水的那片區域！

聽到居民的形容，眾人很快根據瞳色推測出嫌疑犯的身分——不久前被通報失蹤的妖精戴利！

一開始還有人爲戴利說話，認爲妖精都是孩子心性，也許他只是一時貪玩，不知道事情的嚴重性。

然而這些零星的言論立即遭到反駁，雖說戴利還是個孩子，可也到了懂事的年紀，斷不會把這種事情當作單純的惡作劇。

何況那藥劑是怎樣來的？誰有事沒事會去煉製這麼歹毒的藥劑？說不是故意的，誰相信？

再想到戴利是妖精族之中最具煉藥天賦的人，更加深了他是始作俑者的嫌疑。無論戴利是眞的故意害人，還是被誘騙、甚至被強逼的受害者，人們都須要盡快找到他。而且他的藥劑確實傷害了不少人，哪怕這孩子也許不知道事情的嚴重性，可上層還是把尋找孩子的通告做了調整，變成了一張通緝令。

被各族重點保護的妖精成爲了通緝犯，這也是前無古人的事情了。

只是現在所有人的視線都集中在深淵那處，對這事大都感嘆幾聲便罷了，更多的是擔心藥劑與魔族的危害，沒有太多心思去關注那個叫戴利的孩子。

在自身安危無法獲得保障之時，人們都想著要自保，誰還有閒心去管一個非親非故的孩子？

01.
熟悉的陌生人

在普羅大眾的注意力都放在神祕藥劑對魔法大陸的威脅時，擔心戴利的人還是有的。

得知戴利成爲通緝犯後，阿諾德忍不住破口大罵。他既生氣自己把人弄丟，更氣戴利傻傻地被奧布里利用，又氣各族高層針對一個小孩子。

阿諾德在軍隊中混慣了，軍人說話有時比較粗俗，氣炸的他也顧不得身旁還站著自己敬仰的白色使者，直接開始罵娘。

阿諾德先罵自己，再罵奧布里，後來連戴利與各族高層都不放過。語氣愈來愈激動，言詞愈來愈粗鄙，直接把堆積在心裡的不安都發洩出來。

一旁的諾亞與路加默默看著阿諾德爆發，聽對方罵人之詞如此豐富，而且還沒有重複，心裡忍不住感歎語言的博大精深。

待阿諾德罵夠了、漸漸冷靜下來以後，他這才有些不好意思。

他知道精靈族都很講究氣質，看看丹尼爾只是動作粗魯一些，便從小被族人排擠，說他不像個精靈了。

現在阿諾德可是當著白色使者的面罵髒話，之前罵得有多爽，現在就有多不好意思。

諾亞倒是沒有表現出不滿，他還安慰阿諾德：「至少我們從中獲得了戴利的消息，知道他現在安然無恙，沒有受到奧布里的傷害。」

路加也冷靜地說道：「消息中戴利的所在位置，與花朵指示的方向相符。證明我們的路線沒有錯，追上去只是時間問題而已，別急。」

說罷，路加伸出手，白皙的掌心中瞬間長出一朵星星形狀的金色小花，花朵朝向的方向，正指向情報中戴利現身的城鎮。

很快地，那朵花兒又靜悄悄地縮回路加體內，彷彿剛剛的一切只是阿諾德的幻覺。

阿諾德回想初次看到路加把花朵收起來的時候，被那幅情景驚了一下，還以為花朵不見了。

他總算明白爲什麼生命之樹會派路加與他們同行，見路加讓這朵小花收放自如的模樣，簡直就像是小花的主人似地。

可是不對啊，這花兒不是由珍珠變成的嗎？那枚珍珠是他送給戴利，然後戴利轉贈給艾德，再由艾德交給生命之樹……

這麼一想，這枚珍珠倒是到過不少人的手裡呢！

不！這不是重點！

重點是珍珠的主人雖然換了一個又一個，可是這關路加什麼事？爲什麼這朵由珍珠轉變而成的花兒，會莫名其妙地與路加這麼契合啊？

難道路加在操控植物方面，有著特別的天賦嗎？

阿諾德滿腦子問號，雖然很好奇，不過他與路加並不熟，對方又是一副不好惹的模樣，他也只能把疑問悶在肚子裡。

無論如何，生命之樹與諾亞這麼信任路加，這個人應該沒有問題的……吧？

路加是個沉默寡言的人，諾亞則是個社恐，這兩人平常都不會主動與人聊天。

自從上船以後，兩名精靈要不躲在房間裡，要不便待在休息室，鮮少與人交流。特瑞西作爲副官，原本應該負責接待他們。可看到路加與諾亞是眞心不想被打擾，便識趣地沒有再往二人面前湊，給予對方清靜的空間。

因此阿諾德得知戴利的最新消息後找過來時，休息室只有這兩人，而當阿諾德思索著戴利的事情不說話，氣氛就變得有些沉悶。

阿諾德在心裡盤算好接下來尋人之旅的各種細節、想與同伴們討論一下，這才發現三人已經默不作聲地悶坐了好一會了。

此時，阿諾德的目光不經意落在路加的肩膀上。

雪糰正縮成一顆白色的毛球，窩在路加的肩膀上休息。

艾德死後，雪糰一直懨懨地提不起精神，但自從路加這個斗篷人出現，雪糰似乎與他特別投緣，一直黏在他的身旁，非常喜歡他的樣子。

路加應該也是喜歡雪糰的，雖然這人話不多，但阿諾德發現他會經常伸手溫柔地摸摸雪糰。

那熟悉的動作，令他想起一個已經不在的人。

「艾德……」阿諾德不禁道出了心裡浮現的名字。

「怎麼？」路加動作僵住了，說話時的聲音還透出些緊張，不過此時陷入回憶的阿諾德沒有注意到。

聽到路加的詢問，阿諾德有些尷尬地抓了抓頭髮。

他不好意思說自己剛剛把人看成艾德了，畢竟再想念故友，把對方看成別人也很不禮貌。只能打哈哈地道：「沒什麼，我在自言自語而已，別管我。哈哈哈！」

說罷，阿諾德心想自己果然是太想念艾德了，甚至還產生了幻覺。

仔細對比，便會發現艾德與路加根本沒有相似的地方。

艾德穿著白色的祭司服，溫和又聖潔，金色的髮絲看起來就像會發光似地金光閃閃。路加則是披著黑色斗篷，臉部還被魔法遮掩，看起來神神祕祕的不像個好人。

自己到底爲什麼瞬間會覺得眼前的神祕人是艾德呢？

果然是被路加與雪糰和樂融融的模樣誤導了吧？

阿諾德迅速說服了自己，把剛剛的既視感歸爲錯覺後，開始與二人討論有關尋找戴利的計畫……

見阿諾德不再多想，諾亞向路加促狹地眨了眨眼睛。白色使者平常神色都是淡淡的，很少看到有這麼鮮活的模樣。

阿諾德性子大剌剌的，從來就不是個細心的人。此時他只顧著說話，沒有注意到同伴的眉來眼去，自然也沒有看到諾亞這難得一見的活潑模樣。

休息室的牆壁上掛著魔法大陸的地圖，阿諾德上前指了指地圖上的某個地方，道：「戴利不久前現身的城鎮是在這裡。」

說罷，阿諾德又指了指不遠處的海域，道：「我們現在在這裡。」

此時兩名精靈都來到地圖前，聽到阿諾德的話，認同地點了點頭。

「從我們所在的位置，根據那朵花指示的方向前進，正好便是戴利曾現身的城鎮。要是繼續依著這個方向往前走……」以他們所在海域爲起點，阿諾德依照花朵指示的方向在地圖上畫出一條直線，最終定在地圖上的一點。

隨即他再畫出一個圓圈，把推算出來的目的地圈了起來。

諾亞看著阿諾德圈起之處，嘆息：「有些不妙啊……」

阿諾德有些抓狂地再次把筆尖移過去，用力在那處戳了兩下後，道：「豈止不妙，簡直糟糕透頂了！」

路加聞言點了點頭。

被阿諾德圈起來的地方，正是原本屬於人類，可現在卻因爲深淵的出現，被魔族佔領的土地！

要是再往裡面走，便是深淵了！

阿諾德實在不明白，奧布里帶著一個小孩子去那裡到底想幹什麼。

短暫停留精靈森林時，阿諾德完全沒有閒著。除了向生命之樹求助外，他還詢問所有認識奧布里的精靈，想知道對方到底是怎樣的人。

在阿諾德的了解中，奧布里披著和善鄰家大哥哥的外皮，可內裡卻是個利用孩子們的信任、卑劣地拐賣孩子的罪犯。

奧布里在族中作惡多年，卻完全沒有引起族人的注意。甚至在事情被揭發之前，還有著很好的人緣與口碑，可見是個心思非常深沉的人。以奧布里的手段，阿諾德實在輸得不冤。

然而他做再多壞事，也只是像條見不得光的毒蛇一樣，躲在暗處趁人不備咬對方一口，本身實力並不算很高。

因此在罪行被揭露後，無論是精靈族還是阿諾德，其實都沒有把這人放在心上。畢竟很多見不得人的手段要躲在暗處施行才有效，心有防備之下，奧布里的武力值實在上不了檯面。

要是讓他們追上對方，阿諾德有信心奧布里並不是他們的對手。

阿諾德的想像中，奧布里帶走戴利後，應該如同他往常所做的一樣，會把孩子賣出去賺錢。而他們只要追上去救回孩子，並且把奧布里繩之於法就好。

可現在，對方卻沒有把孩子賣出去，更似乎帶著戴利往作死之路狂奔著。

直直往深淵走去，如果奧布里不是想要自殺，那麼他這麼做的原因便很惹人深思了。

「絕對有陰謀！」

阿諾德可不會以爲對方是因爲活膩了想要自殺。

不然他自己去就好了，這麼麻煩地帶走戴利是圖什麼？一個人自殺太寂寞，拉一個人去陪葬嗎？

再往深處去想，戴利那個引起風波的藥劑，會不會也是奧布里的手筆？

細思極恐啊……

阿諾德想到這裡，再次向諾亞與路加確認：「還不知道奧布里的目的是什麼，繼續往他前行的路線追去，我們很可能會進入封印之地……甚至接近深淵。你們還要與我同行嗎？」

之前的任務只是與他一起去追捕奧布里，可現在情況卻變得複雜起來，危險性也增加了不少，阿諾德還是先詢問二人的想法。

諾亞率先表明態度：「如果事情牽涉到魔族，那我更加要去看看了。」

路加也道：「與你同行是生命之樹給予的任務，我不會輕易退縮。」

站在路加肩膀上的雪糰啾啾地叫了聲，似乎在贊同著路加的話。

路加伸手摸了摸雪糰雪白的羽毛，小鳥親暱地蹭了蹭他的手指。阿諾德看著眼前的一幕，不由得再次感到滿滿的既視感。

實在是這一人一鳥的互動，以及那種親密得別人無法介入的氣氛太讓人熟悉了，總會讓阿諾德想起艾德。

因為路加從不露臉，阿諾德甚至產生了一個令人難以置信的猜想——艾德其實沒有死去，只是因為龍族的背叛，他不想再與冒險者們同行，便以路加的身分出現。

這也解釋了路加為什麼要用魔法斗篷遮掩容貌，要知道即使是不願以混血精靈外貌示人的丹尼爾，也沒有像路加遮蓋得如此徹底啊！

雖然阿諾德心知這絕對是不可能的猜想，畢竟艾德是在眾目睽睽之下死去的，那時候他所受的傷無法作假，那種程度的傷勢斷沒有活下去的可能。

然而他的直覺卻在不停地叫囂，總覺得路加與艾德愈看愈是相像。不僅平時不經意的小動作，就連被斗篷遮掩的體型也很像。

不過阿諾德仔細回憶起這段時間與路加的相處後，很快又再次推翻了對方是艾德的想法。

艾德身體很差，阿諾德記得對方上次坐船時，除了有著令人印象深刻的暈船問題外，還因受不了海風而止不住地小聲咳嗽。

可路加自從上船後不僅沒有暈船，連咳嗽也從來沒有。都說愛與咳嗽是最無法掩飾的，要是路加眞的是艾德的隱藏身分，絕對不可能長時間隱瞞著身體的不適。

這麼想著，阿諾德移開了注視著一人一鳥的視線，不再胡思亂想下去。

確定了兩名同伴沒有退縮的意思，阿諾德便定下了接下來的路線。

要前往封印之地的三人很淡定，相反地，其他海軍知道他們有可能會追至封印之地時，全都化身爲憂心的老媽子，每天見面時說得最多的便是讓他們注意安全，已到了阿諾德看見他們，對方還未開口，便產生了幻聽的程度。

雖然很感謝同事對自己的關心，可這熱烈的關愛實在令他有些不勝其擾。於是接下來的行程中，躲在休息室自閉的人除了兩名精靈外，還多了一個阿諾德。

相處時間多了，彼此逐漸熟悉以後，阿諾德便忍不住對諾亞與路加吹噓自己當軍人時的「豐功偉業」。

這些驚險的故事也不能說全是虛構，只是阿諾德把自己的一分功勞說成了十分，把自己美化成一個偉岸的英雄人物。

很快地，阿諾德發現諾亞與路加的性格雖然看起來高冷，但都不是難相處的人，甚至還很友善。至少在他吹噓那些鬼扯的故事時，二人都是禮貌地從頭聽到尾，沒有打斷他，或者表露出不耐煩。

三人相處頗爲愉快，阿諾德漸漸適應了諾亞的社恐，以及路加的孤僻。因此當他遇上正在甲板吹風的路加，想也不想便走上前想與對方打聲招呼。

然而就在他從背後接近路加時，對方卻突然警惕地迅速回過頭來。阿諾德那隻拍向路加肩膀的手，也被對方大力捉住。

雖然對阿諾德來說，路加的力道稱不上大，可對方瞬間展露的驚人敵意，以及拒人千里之外的態度，還是將他驚到了。

在路加充滿警戒的注視下，阿諾德略微結巴地解釋：「呃……我、我就只是想與你打聲招呼而已……」

路加深深看了阿諾德一眼，似乎在確認他話裡的眞實性，過了一會，才放開阿諾德的手，禮貌地道了聲：「抱歉。」

就在阿諾德吁了口氣的同時，路加又道：「別再突然從背後接近我。」

雖然以體型來說，阿諾德比路加高大多了，可此刻他的氣勢完全被對方壓制。即使心裡覺得路加大驚小怪，但也不敢反駁，乖乖地點頭：「好的！」

獲得了阿諾德的保證，路加便沒有在甲板久留，直接離開了。

看著對方離去的背影，阿諾德揉了揉被路加大力抓住的手腕，忍不住爲對方的壞脾氣暗暗咂舌。

剛剛路加的模樣，簡直就像他要暗殺對方似地，要不是他心裡知道自己只是想與對方打聲招呼，都以爲自己眞的要幹出什麼十惡不赦的事情了！

因爲這段小插曲，接下來的航程阿諾德不敢再招惹路加，於是他的表演與分享欲全數向諾亞傾倒，每天花式向諾亞分享「英雄阿諾德的偉大歷險」，讓諾亞看向路加的眼神變得無奈又委屈。

明明是每天一起被滋擾的伙伴，什麼時候竟然變成了只有我一個在受苦？

這不公平呀！

幸好走海路是眞的快，在諾亞快要被阿諾德煩死以前，他們總算抵達陸地了。阿諾德三人與海軍們告別後，在以特瑞西爲首的海軍們充滿擔憂的注視下，往封印之地趕去。

「你的部下都很關心你。」察覺到海軍們沒有立即離去，而是一直在船上目送著他們離開，諾亞向阿諾德感嘆。

阿諾德聞言很高興，也有些害羞地說道：「他們都是很好的人，也是了不起的軍人。」

回想一開始被父親派到海軍時，阿諾德是千萬個不情願的，當時什麼都不在乎的他，還在軍隊裡鬧了不少笑話。

後來是特瑞西當了他的副官，事事有對方的照顧，阿諾德才逐漸適應軍隊裡的生活。

那時候天眞又自滿的他，還以爲是自己的人格魅力讓特瑞西自願成爲他背後的男人。當知道這一切只是因爲父兄的鈔能力時，還傷心了好一陣子。

特瑞西實在太能幹了，即使是當時自大的阿諾德，也覺得當對方的上司當得有些心虛。

於是他直接詢問特瑞西的意願，要是對方不想繼續屈就當自己的副官，那他就挪位子與對方對調。反正他本就不想參軍，做不做長官都無所謂，雖然當老大感覺很爽，可也不能因爲這樣就誤了對方的前程。

特瑞西聽到阿諾德的詢問時很驚訝，他一直覺得阿諾德是個被家裡寵壞的大少爺，甚至還認爲對方是個自大的蠢貨，不太看得起。雖然因爲與阿諾德父兄的約定，他把對方照顧得很好，可其中卻沒有多少眞心，更多的是收了錢所衍生的責任。

然而這個高高在上的大少爺卻會擔心因爲自己的存在而埋沒他的才能，亦會關心他這個小人物的想法，這實在讓特瑞西感到很意外。

不過最終他還是選擇繼續當阿諾德的副官，實在是對方的父兄給得太多了……

特瑞西是個很實在的人，當軍人也只是爲了工作賺錢而已。升職加薪固然不錯，可卻不比現在當阿諾德的保母賺得多啊！

何況阿諾德又是個不管事的，這個長官只是個吉祥物，根本就與他自己當老大沒什麼差別。

再加上阿諾德背後有人撐腰，讓他當長官，他們很多時候辦事會順利許多。特瑞西本身並不是個愛好權力的人，現在的情況反倒更讓他喜歡。

於是雙方一拍即合，特瑞西繼續當阿諾德的副官，而且一做便做到了現在。

經過那次的談話，他對阿諾德的態度也有了轉變，之前特瑞西的確盡心盡力地輔助對方沒錯，可只把一切視爲交易，雙方的交往帶著公事公辦的生疏。

然而當特瑞西察覺到阿諾德是個值得結交的人後，工作之餘不由得對他多了幾分關心。漸漸地，其他同伴也發現阿諾德雖然工作能力不怎樣，可爲人爽朗又大方，當朋友確實不錯。

感情是相處出來的，不知不覺間，這個團隊變得像個大家庭一般。阿諾德已經不記得，自己有多久沒有再向父兄吵著要辭職返回族裡。

現在的阿諾德甚至有些感激父兄當初的決定，要不是他們強硬地把自己送入軍中，他也無法認識這些肝膽相照的好兄弟呢！

想到這裡，阿諾德也不管對方看不看得見，回首對已經變成一個小黑點的船隻揮了揮手。心裡期待著盡快救回戴利，便可以再與同伴們一起出海執行任務。

畢竟，軍團已經變成阿諾德的另一個家了呢！

02.
藥劑的危害

事實證明，特瑞西的擔心很有道理，現今的魔法大陸已不再太平。

結界剛被破壞時，阿諾德所在的位置與深淵有一段不短的距離，後來因走水路，又避開了不少危險，因此並未感受到魔族肆虐的可怕。

可這才剛下船不久，他們便看見一座幾乎被滅村的村莊！

這座村子所在位置有些偏僻，並不在尋常旅人會經過的路線，離城鎮也有一段距離。原本三人是不會發現這座村莊的，只是在下船後的第一個晚上，諾亞觀測到星象有新的指引，提議走另一條路線。

越是對世界有重大影響的事件，在星象中所展示的啓示便越是清晰。若是相反情況，諾亞再怎樣仔細察看，也只能獲得模糊的暗示。

這次星象的預言便是後者。雖然爲他們指引了一個改道的方向，可是爲什麼、改道後又會遇上怎樣的事，諾亞卻是一無所知。

即使如此，諾亞還是建議大家跟隨星象的指示走。阿諾德二人聞言，沒有太多考慮便決定依照諾亞的建議。

雖然新路線有些繞道，但其實也差不了太多時間。阿諾德與路加都很信任白色使者的能力，既然星象指引他們改道，那跟著走就是了。

於是他們便在改道的第二天，看見這座被全滅的村莊。

村莊人口不多，幾乎所有人都被死氣污染而失去理智。阿諾德他們才剛接近，便受到發狂的村民攻擊。

當時率先感應到不妥的雪糰啾啾叫了兩聲示警，三人還來不及反應，一個受死氣感染的村民已從草叢裡撲了出來！

也幸好阿諾德在面對過死亡的無力後發奮圖強，經過一段時間的特訓，武力值大大提升，即便草叢突然撲出了村民也能及時做出反應，不然只怕一個照面，就要被村民傷到感染了。

阿諾德瞬間半熊化，大大的熊掌一掌便拍暈襲擊他的村民。他不是個性格凶殘的人，雖然遭遇突襲，也只是以防衛爲主。這一掌只將人擊暈，沒有傷及性命。

這個村民的攻擊就像一個不祥的訊號，草叢立即出現其他異動，似乎有什麼潛伏在裡面走動。

阿諾德擊倒村民時，諾亞也隨之行動。他放出自己的共生植物，那是一棵細小、擁有許多分枝的白色藤蔓。

與一般精靈族使用的藤蔓不同，諾亞的藤蔓精緻又漂亮，可是看起來戰鬥力不怎麼樣。這麼細小的藤蔓別說作戰了，即使只用來綑綁敵人，對方只要稍微用些力氣應該便能掙脫吧？

然而諾亞卻不是直接以藤蔓戰鬥，只見藤蔓的藤枝纏繞在一起，瞬間便化為諾亞手裡的弓箭。

從相識以來，阿諾德一直不見諾亞像其他精靈那樣把弓箭隨身攜帶，還以為白色使者沒有點亮名為「武力值」的技能點。

現在看著對方拉弓後那威風凜凜的氣勢，阿諾德這才知道是自己小看人了。即使是外表弱不禁風、怕生又沉默的諾亞，似乎也是個射箭高手啊？

還不待阿諾德多想，便見諾亞往草叢嗖嗖地射出數箭。

下一秒，幾個身影便從草叢中撲出，諾亞射出的箭矢全數射中，看起來簡直就像他們特意往箭矢撲過去似地！

明明在諾亞射出箭以前，這些受感染的村民還在草叢中看不見身影，也不知道到底是精靈族的優秀視力、還是出色的預判起了效果，他竟然能夠箭無虛發地射中所有敵人，看得阿諾德下巴都要驚掉了！

諾亞的箭矢雖然全都命中目標，然而白色使者的箭卻不是奪命的武器。這些由藤蔓化成、有生命的箭矢沒有刺穿敵人，而是在觸及對方的瞬間再次變回了藤蔓，並把人纏繞起來。

不待這些發狂的村民掙扎，藤蔓已開出了一朵朵小花。這些花朵綻放時噴出了淡黃色的花粉，而這些花粉顯然有著強力的催眠與鎮靜作用，那些村民吸入後立即昏睡了過去。

更多的動靜從草叢中傳來，阿諾德急中生智，抱住一棵樹大喝一聲，竟將樹連根拔起。隨即他把樹打橫掃向草叢，可怕的勁風夾雜著幾聲呼痛聲後，一切總算恢復平靜。

鬆了一口氣的阿諾德把大樹丟下，這才想起路加好像一直沒有動靜，立即回頭察看，擔心對方出了意外。

卻見路加不知何時蹲在第一名被擊倒的村民身邊，皺著眉頭檢視對方的情況。雪糰則蓬鬆起羽毛，身體脹大了一圈般，朝暈倒在地的村民威嚇著。

阿諾德與諾亞來到路加身邊，後者詢問：「他怎麼了？」

路加道：「這人被死氣影響了神智，可是卻沒有要變成魔族的模樣……這……倒是有些像之前聽到的、喝過戴利魔藥後的狀況。」

「什麼!?」阿諾德想不到這次遇襲，竟有可能與戴利有關。

「應該不會有錯，把人救醒後再確定一下吧！」路加道。

阿諾德不由得有些訝異：「你知道該怎樣治好他嗎？我還以爲被死氣感染到這種程度的人已經沒救了。」

「若這些人眞的是因爲戴利的藥劑才失去理智，那麼根據之前患者的情況來看，即使放著不理會，也只會陷入昏睡，不會因此變成妖魔，也暫時不危及性命。」

雖然這麼說，可路加還是盡心盡力救治患者，沒有爲了省事而眞的把人放到一旁。

只見路加手心長出一朵星星形狀的金色小花，他把花朵放在昏迷村民的身上，花朵便發出陣陣金光，將纏繞在村民身上的死氣盡數消除。

雪糰歪了歪頭，隨即也飛到另一名昏倒的村民身上並放出聖光。圍繞在村民身上的黑色死氣在聖光的照耀下，以肉眼可見的速度消散。

阿諾德看了看雪糰、又看了看路加的小花，兩者發出的金色光芒一模一樣，他震驚地詢問路加：「你能夠使用光明魔法？」

然而路加卻搖首道：「當然不是。我也不知道爲什麼，但聖光是屬於這朵小花的力量。」

阿諾德聞言更混亂了：「那爲什麼你可以控制這朵花使出聖光？」

路加解釋：「我與它訂立了契約，現在它是我的本命植物，因此生命之樹才讓我與你們同行。」

阿諾德只感到難以置信：「它是你的本命植物？可精靈族不是只能有一棵本命植物嗎？之前你沒有與其他植物訂立過契約？不是說精靈族舉行成人禮後便會訂約嗎？該不會……你才剛剛成年吧⁉」

說罷，阿諾德上下打量一副反派打扮的路加，心裡邊猜測對方的年紀，邊質疑道：「何況光明之力這麼稀有，怎麼一顆小珍珠變成的花朵竟能發出聖光？」

路加沒有理會阿諾德對他年紀的質疑，反問：「龍王陛下不就是光屬性的龍嗎？這朵花兒與人類的祭司有關聯，蘊含聖光又有什麼奇怪呢？你看看雪糰，不也身負光明力量嗎？」

阿諾德看著正用聖光救人的雪糰，心裡覺得這番話有些問題，可又無法反駁。

路加又道：「而且你這麼糾結幹嘛？我能利用這朵小花治療又不是壞事，能夠幫上忙不是很好嗎？」

一旁的諾亞見阿諾德被說服，忍不住暗暗好笑。心想對方真是太單純了，難怪三言兩語便被奧布里騙到。

「他們要醒來了。」諾亞上前，把話題帶回正軌，順道幫路加解圍。

阿諾德的注意力果然立即被醒來的村民吸引，再也顧不得詢問路加有關聖光的事。

反正如對方所說，這事情只會對他們有利不是嗎？那就不糾結了。

這幾名村民有男有女，醒過來後都一臉驚恐地看向阿諾德三人。雖然聖光在消除死氣的同時，也為他們治好了傷勢。然而這些人仍保留死氣附身時的記憶，被阿諾德與諾亞擊倒時的痛楚與衝擊也就歷歷在目。

被樹幹掃倒的痛楚，以及被箭矢射中的驚嚇，都不是什麼愉快的記憶，村民們實在難以平靜地面對這兩個不久前才攻擊自己的人。

雖然理智上知道是自己攻擊在先，對方只是自衛，但精神上所受的打擊不是說淡忘便能夠立即淡忘！

因此，披著斗篷、看起來超級可疑的路加，突然變得受歡迎起來。

那些村民直接繞過了阿諾德與諾亞，向剛剛救治他們的路加求助：「求求你！救救我們的村莊！」

「有很多村民都失常，到處襲擊別人！」

「受傷的人很快會被感染，從而失去理智攻擊其他人。」

「我們也是因爲受了傷，所以……」

在村民的你一言、我一語中，眾人總算得知這座村莊到底發生了什麼事。

數天前，一隊外出採購的商隊回來，然而其中有幾人生病了，後來更是狂性大發，不僅完全無法與他們溝通，更是看到人便攻擊。

村民沒辦法，只得把他們綑綁起來，但過程中那些人激烈掙扎，不少人都被傷到。這些傷者過了一段時間後，無一倖免地全都跟著發狂，於是村莊的人逃的逃、傷的傷，再也沒有正常人了。

聽村民形容，患者的症狀確實與公告中所描述的、戴利所煉製的藥劑效果一模一樣。這些村民，很有可能是因爲戴利才惹上這場災禍。

之前得知戴利被通緝時，阿諾德還覺得小題大作，戴利只是個孩子，爲什麼要跟一個小孩子過不去呢？

可看村民憶及村莊慘況時那悲傷的模樣，他再也說不出偏袒戴利的話了。

無論戴利煉製那些藥劑的初衷是什麼、其中有沒有奧布里的引導，他的藥劑確實爲人們帶來了不幸。

身爲戴利的朋友與監護人，阿諾德責任感油然而生，覺得自己有必要幫助這些受到藥劑影響的苦主，便主動請纓：「我明白了，你們村子在哪？快帶我們過去！」

滿心想著要救人的阿諾德，急匆匆地跟隨村民去救人。諾亞與路加對視了一眼，也小跑著跟了上去。

諾亞小聲對路加說道：「你的花朵是由珍珠幻化而成，雖然變成了花的外表，可實際上沒有生命。阿諾德不清楚，可只要遇上其他精靈，一看便知道你在說謊，畢竟精靈是無法與沒有生命的物件訂立契約的。」

路加卻無所謂地說道：「沒關係，反正我也不打算瞞一輩子。可現在……我暫時不想讓他們知道。」

諾亞點了點頭，他能夠理解路加的心情。人在受到傷害與背叛後，總會有想獨自一人躲起來的想法，這並不是逃避，只是需要一些緩衝的時間，好好想想該怎樣重新面對生活而已。

這也是爲什麼，即使諾亞知道路加對魔法大陸的重要性，卻從來沒有逼迫他出手，還一直爲他掩護的緣故。

這次遇上遭死氣附身的人，諾亞已經做好了路加不會出手的準備，可最後他還是看不得別人受苦，冒著身分被識破的可能，出手救治。

他好像變了很多，可其實最主要的、最核心的部分，卻是從來沒有改變過。

◆◇◆

在阿諾德為戴利的事憂心萬分之際，戴利身為被通緝的當事人，卻對藥劑造成的惡劣影響懵然不知。

直至過了一段時間，他才從一個途經小鎮的通緝公告中得知此事。要不是他與奧布里一直用魔法道具遮掩身分，以他這般的後知後覺，只怕早就被人抓起來了。

不過話又說回來，戴利至今還不知道奧布里的眞實身分，一直被對方騙得團團轉。要是他們被人抓住，對戴利來說說不定還是件好事。

戴利震驚地看著貼在牆上的通緝告示，耳邊還聽到身旁的居民在八卦，話裡用著不屑又憎恨的語氣提及了自己的名字，說他與魔族勾結，研究出來的藥劑造成了一場疫情。

戴利頓時神色大變，要不是早已知曉此事的奧布里一直注意著他的舉動，見狀立即把他帶回旅館，掩飾不了情緒的戴利早已露出馬腳。

回到旅館房間後，戴利立即慌張地拉住奧布里的衣袖：「爲什麼會這樣？他們還說我往井裡投藥，可是我根本沒有這麼做過！」

聽到那些人對疫情的形容，的確像是誤服了他最近在研究的藥劑。不過戴利肯定自己一直很小心保存，完全沒有讓藥劑流傳出去啊？

奧布里眼神閃了閃，隨即安撫地按住戴利的肩膀，道：「別急，說不定有什麼誤會呢？」

他當然不會告訴戴利，藥劑是他故意倒在井水裡的。至於那個居民看到的情景，其實是他用魔法道具節錄了一小段影像而成。

只是事情的進展與他所預期的有些不符，誤服藥劑的人被死氣侵蝕後，最終應該要異變成魔族才對，不知道爲什麼感染到了最後一步會戛然而止。

奧布里本來打算大範圍地把人們異變爲魔族，便可以在迎接闇黑之神降臨時拿來邀功，可現在結果卻不如預期，幸好戴利還在他手上，奧布里決定稍微更改計畫，把戴利當作送給闇黑之神的禮物好了。

至於他爲什麼要故意陷害戴利，讓他人看見虛假的影像……這就只是奥布里的惡趣味而已。

奥布里素來以別人的痛苦爲樂，戴利便是近期他最喜愛的玩具。奥布里喜歡從心靈上擊潰對方，看著對方因爲自己的引導而扭曲了性情，苦苦掙扎卻又離不開自己，他便感到一種完全掌控別人的快意。

聽到奥布里的話，戴利頓時雙目一亮：「對！只是誤會而已！我們只要好好解釋，他們一定能夠理解……」

「太遲了。」奥布里卻搖了搖頭，恨鐵不成鋼地皺眉看向戴利，一副對他的天眞很無語的模樣：「現在大錯已經鑄成，你說只是一場誤會，卻沒有任何證據能夠取信於人。這麼多人因此受苦，說不定還有人命傷亡，相信很多人都恨死你了，這已經不是道歉能夠彌補的事情。」

戴利顯然被奥布里的形容嚇到了，六神無主地詢問：「那、那怎麼辦才好？」

奥布里想了想，道：「聽那些人對疫情的形容，藥劑的效果還未完善。現在你只能將功贖罪，盡快完成藥劑。到時候我們便去找龍王，請他把光明之力融合在藥劑裡，製作出能夠把光明力量迅速傳播開來的光明藥劑！」

戴利聞言雙目一亮，可立即又猶豫道：「可是……我們還沒弄清楚藥劑爲什麼會流露出去，要是繼續研究……」

奧布里卻不認同戴利的退縮，苦口婆心勸解：「戴利，我這麼說都是爲你好……」奧布里一番話下來，大致的意思是：這麼做全都是爲了你，你一定會理解吧？我爲了幫助你，也是冒著很大的風險。要是你不答應，便是不信任我，也辜負了我的感情與付出，踐踏我的心意。

戴利只是個心思單純的孩子，現在待在他身邊對他好、能夠依靠的人就只有奧布里了。戴利既擔心奧布里會丟下他，又怕對方會因爲自己的選擇而傷心難過。在對方花言巧語的洗腦下，戴利最終打消了主動投案的想法，決定依照奧布里的建議先完成藥劑，再找個機會戴罪立功。

奧布里滿意地揉了揉戴利的頭，像個溫柔的知心大哥哥般讚揚：「眞乖！」

二人談話期間，天空掠過一道巨大陰影，引來不少人抬頭往上方看去。

雖然天空中出現了龐然巨物，然而居民也只是好奇地圍觀一下，臉上不見絲毫驚惶。

因爲那巨大的身影並不是什麼怪物，而是一頭正好飛過城鎮的紅色巨龍。

結界破壞後，龍族便不再受到約束，可以自由轉換形態，自此人們偶爾便能見到巨龍在天空飛翔。

已經多年沒有出現這樣的場景了，對於獸族這些壽命不長的種族來說，這是他們祖先才能看見的畫面，是只存在於故事中的幻想情節。

戴利此刻滿腹心事，奧布里則處於又一次成功掌控戴利的喜悅中，二人都沒有像身邊的居民般興致勃勃地抬頭觀看。

在戴利與奧布里心中，這只是一段與他們無關的小插曲。然而他們不知道，這一頭正好路過、理應與他們不會有任何交集的飛龍，卻是他們認識的人。

03.
試探

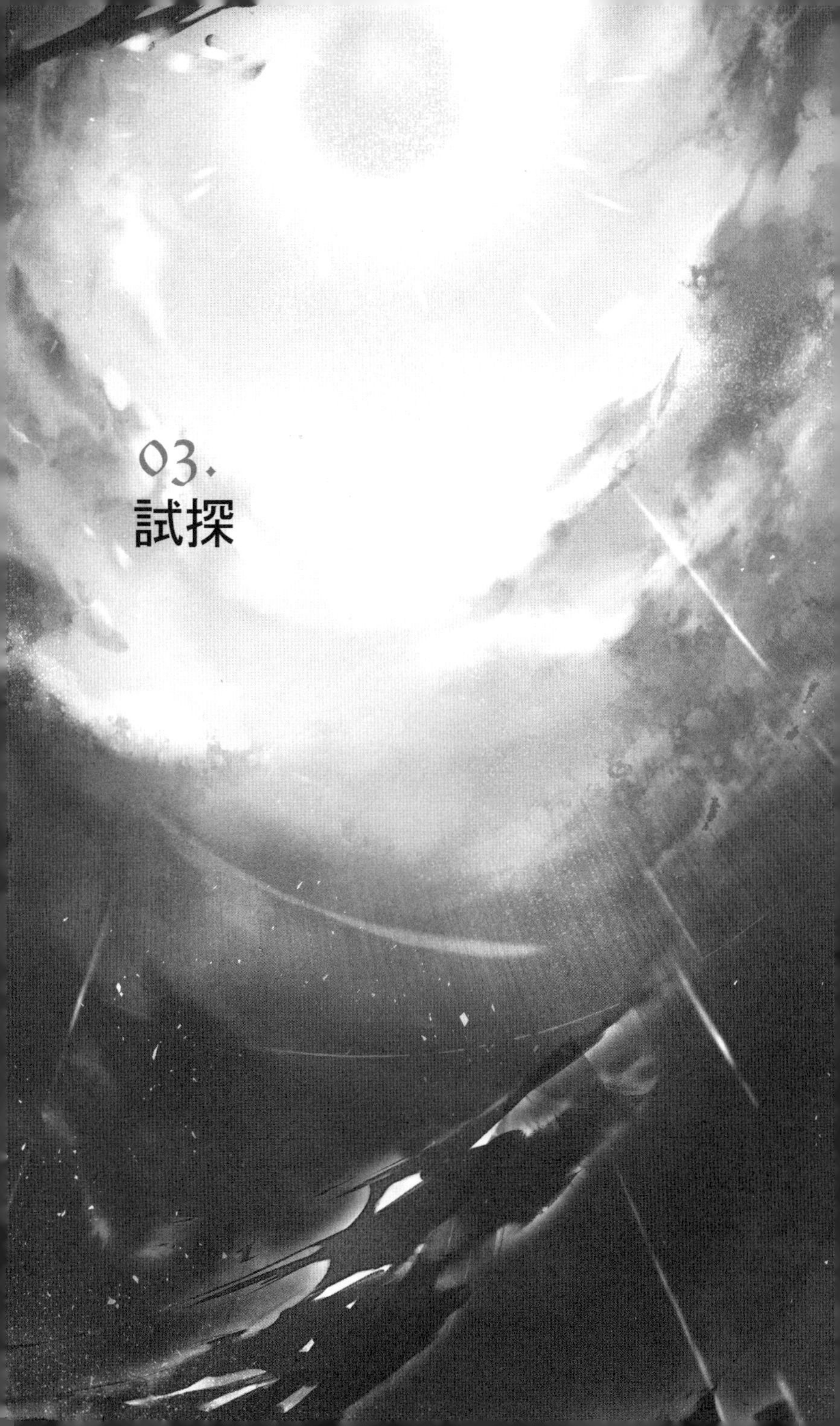

這頭在奧布里二人上空飛過的火龍，正是布倫特。

不只布倫特，除了已經去世的艾德，冒險小隊全員都在。丹尼爾、貝琳，以及埃蒙，還多加了一個暫時同行的妖精亨利。

既然龍族的束縛已因結界的破壞而除去，那麼布倫特自然要好好利用巨龍的空中優勢趕路。

因此他們雖然出發得比奧布里晚，卻仍輕易追了上來，雙方分別在陸地與空中擦身而過。

雖說是擦身而過，可其實他們之間有著不短的距離。從高空往下看去，看到的只是一個個小黑點。同樣地，陸地上的人也只能看到火龍飛過，卻完全看不清楚這頭龍到底是誰。

不過話又說回來，對於龍族以外的種族來說，巨龍除了顏色區別，基本都長一個模樣。就像別人看獸族的獸形，根本分不清楚誰是誰。

本來雙方會就此錯過，然而冒險小隊此行卻護送著一個名叫亨利的妖精。這孩子得知戴利的事情後，答應會多注意路途上有沒有遇上其他妖精。

於是在雙方擦身的瞬間，亨利注意到了地面的戴利。

自從母樹因結界陷入沉睡，妖精們之間的連繫便逐漸減弱，產生了「自我」的意識，但在一定距離內，只要集中注意力仍能感應到彼此的存在。

亨利察覺到戴利的位置，立即把此事告知了冒險小隊。

而戴利根本沒有注意到這微弱的感應，同時也因爲心亂如麻地想著通緝的事，更加不可能發現到對方。

這對冒險小隊來說絕對是一件好事，戴利現在說不定還受到奧布里的哄騙，萬一他感應到亨利的存在後告訴奧布里，便會令他們的救人行動變得艱難。

再加上因爲「暗黑藥劑」的蔓延，讓冒險小隊對戴利多了幾分戒心。

他們是見識過奧布里騙人的手段的，也不知道戴利與對方同行的這段時間，有沒有被對方教導得歪了性子。

萬一戴利已被奧布里洗腦，得知他們追上來後立即通知對方，到時候對方有人質在手，很有可能會讓他成功逃走。

因此他們沒有立即接觸戴利，以免打草驚蛇。

甚至爲免引起奧布里的懷疑，布倫特沒有立即飛回城鎮，而是依照原本的路線飛行了一段路，這才變回人形折返。

雖然他們不像奧布里那般有目的地搜集可以變換外貌的魔法道具，然而身爲經常出任務的冒險者，他們也有改變容貌的技巧。

於是在亨利目瞪口呆的注視中，貝琳拿出了琳瑯滿目的化妝道具，開始爲同伴們進行易容。

貝琳天生麗質，而且還年輕，平常都是素顏示人，很少看到她化妝，可這不代表她不擅長。相反地，她非常精於此道，甚至還能用化妝品改變人的輪廓，看起來簡直像變成另一個人一樣。

有時候任務須要隱藏身分，貝琳便負責爲眾人易容，從來沒有露出破綻。

在貝琳的巧手下，一行人很快換了一副模樣，即使是奧布里不認識的亨利也不例外。

幾人之中變化最大的，絕對要屬丹尼爾。

因爲他不只換了一副容貌，連性別都變了。

精靈族本都長得精緻漂亮，貝琳利用巧妙的化妝技術把丹尼爾的輪廓變得更加柔和，再稍稍做出調整，一個貌美膚白的大美人便出現在眾人面前。

「噗哧！」這是忍不住笑的亨利。

布倫特則是一臉同情的模樣，至於埃蒙，則是想看又不敢看，偷偷打量著丹尼爾的女裝扮相。

丹尼爾看了看鏡子，隨即不滿地反指了自己：「喂！我這是怎麼回事？」

貝琳可完全不怕對方的臭臉，裝出不明白的模樣上下打量了丹尼爾一番後，歪了歪頭詢問：「有什麼問題？很美啊！」

「爲什麼只有我化成女人？」丹尼爾生氣地質問。

貝琳笑著揶揄：「是只有你沒錯啊，難道你還想看布倫特他們的女裝嗎？」

不待丹尼爾說話，布倫特便一臉害羞地道：「丹尼爾想看的話，也不是不行。」

布倫特故意露出小女兒的姿態實在有些辣眼睛，看著他壯實的外貌，丹尼爾不由得想像了他的女裝扮相……想吐！

埃蒙一時之間反應不過來，見布倫特表態，也愣愣地表示：「呃，我也可以？」

「我沒有想看！」丹尼爾臉都黑了，他質問貝琳：「妳明白我的意思，別裝傻了！妳是故意在針對我嗎？」

被化成女生模樣的丹尼爾，生氣的模樣也別有一番風情，甚至更加美艷動人。這讓原本打算好好與丹尼爾解釋的貝琳，生出了逗弄對方的心思。

貝琳的挑釁顯然很成功而且也足夠欠揍，丹尼爾忍不住一拳揮向她！

貝琳見狀露出了得逞的笑容，迅速出手準備接住丹尼爾的拳頭。丹尼爾冷笑一聲，半途換招，二人便見招拆招地打了起來。

亨利：「!!」

看到亨利震驚的模樣，布倫特安慰道：「別怕，他們只是在說服對方而已。」

亨利：「……」

你說這叫「說服」？

什麼說服？「物理說服」嗎⁉

「砰砰」的拳腳對招聲響不絕於耳。丹尼爾的速度比較快，貝琳則勝在敏捷，戰鬥進入白熱化的階段。

亨利忍不住又問：「打得這麼激烈，真的不用管他們嗎？」

埃蒙見怪不怪地解釋：「他們都沒有動用武器，只是在鬧著玩，不用管。」

亨利：「……」

冒險者都是這麼生猛的嗎？

自己以後再也不能輕視「鬧著玩」三個字了！

最終還是貝琳的拳腳功夫更勝一籌，近身戰實在不是丹尼爾的強項。於是在幾個回合後，丹尼爾率先收手，冷著臉要求：「給我一個解釋。」

貝琳順勢止住攻擊，她也不敢逗人逗得太狠，若對方真的生氣可便要糟了。

於是她討好一笑，解釋道：「奧布里這人心細如塵，而且對你最爲熟悉，因此丹尼爾你只好比其他人多做一些僞裝，這才保險。」

丹尼爾不高興地申辯：「那也不用僞裝成女人啊！不行，妳替我換一個。」

雖然貝琳說的有理，可丹尼爾只要一想到奧布里這個死對頭會知道他這段男扮女裝的黑歷史，頓時渾身不自在。

貝琳攤了攤手，道：「這是我想到最省力、又最好的僞裝了。換一個裝扮太浪費時間，我們還不知道奧布里與戴利會在這裡待多久呢！」

後半段話是眞的，可前半段卻有一半是假的。貝琳的確覺得丹尼爾化成女裝最省事，只是要換成其他裝扮，也不是想不出來。

將丹尼爾扮成女裝，更多的是因爲她的惡趣味。

雖然丹尼爾不喜歡小孩子，可不代表他不關心戴利。在孩子的安危與自己的面子之間，最後丹尼爾還是選擇了前者，黑著臉以女性外貌示人。

解決了這段小插曲，眾人便外出尋找戴利的蹤影。

經過貝琳的巧手，他們都變了一副模樣。

貝琳與埃蒙維持原本的種族，只是換了一張臉。

至於亨利，爲免他妖精的身分打草驚蛇，因此貝琳替他僞裝成獸族。

丹尼爾也一樣裝扮成獸族。即使他已經換了一張臉，連性別都變了，可是城鎮中突然出現一名精靈美女足以讓奧布里生出懷疑。

這麼一來，所有人都變成了獸族——除了布倫特。

貝琳覺得這樣的情況下布倫特顯得有些突兀，於是……又一名獸族誕生了。

一家人，就應該齊齊整整。

總而言之，經過僞裝的冒險小隊光明正大地走在大街上，看起來就像在逛街的普通路人，但其實他們的目光沒有放在商店的貨品上，而是打量著四周行人。

不久，丹尼爾察覺到一對有些奇怪的獸族兄弟。

主要是年紀大的那個讓他感到一陣違和感。雖然他的外貌確實是陌生的獸族，可對方的言行舉止卻總給他不協調的感覺。

要知道每個種族都有各自的特性，來自血脈的傳承及成長環境會形成獨特的生活習慣。這些像烙印般，會從各種小細節中呈現出來。

像精靈族，他們身體纖瘦，從小在森林中長大，並居住在建造於樹上的樹屋，這讓他們舉止總有種獨特的輕盈感。

這種感覺其實不明顯，只是一種特別的、說不出來的氣質。然而當一名沒有受過僞裝訓練的精靈假扮成獸族時，便會有不協調之感，這正是讓丹尼爾覺得對方奇怪的原因。

丹尼爾也沒有作聲，而是親暱地挽著布倫特的手臂。在吸引了同伴們的注視後，打出了一個手勢，讓他們注意迎面而來的獸族兄弟。

看不懂手勢的意思，只看到丹尼爾突然小鳥依人地靠向布倫特的亨利：「!!」

就在亨利被丹尼爾的舉動驚到時，他感應到同伴的氣息。

兩名同樣僞裝成獸族的妖精，瞬間對上了眼神。

戴利想不到，自己竟會在路上碰上族人。

因爲妖精有精神連繫的特點，奧布里選擇的路線都繞過有妖精居住的城鎮。這還是戴利與奧布里同行後，首次在路上碰見同族。

戴利也注意到了，對方跟他一樣僞裝成獸族。他覺得好奇怪，正要詢問，便見對方用精神感應簡單地告訴他：別聲張，我晚些會去找你。

先一步察覺到獸族兄弟異常的冒險者們，也注意到兩個孩子的異樣，更加確定這對獸族兄弟的身分。

倒是奧布里覺得自己已經掌控住戴利，最近對孩子的監視鬆懈了，完全沒發現戴利的腳步亂了幾分。

因爲易容，戴利認不出布倫特幾人，亦不知道那個裝扮成獸族小孩的族人是誰。同樣，戴利也認爲對方不會知道用魔法道具僞裝的自己的眞實身分。

如果放在以前，讓戴利在旅途中碰到同族，他一定會很高興地與對方相聚。可現在他卻是個見不得光的通緝犯，絕對不能讓別人知道他就是戴利啊！

小孩子遇上難題時，很多時候會立即求助信任的人，戴利也不例外。只是一來對方示意他別聲張，二來戴利覺得自己已經麻煩傑瑞德很多事情了，就想著先自己處理看看。

反正對方不知道什麼原因同樣隱藏了身分，到時候對方找來，他就假裝自己是別人，敷衍一下就好了……吧？

戴利回到旅館後，奧布里讓他繼續研究藥劑，自己再次外出了。進行研究費時，奧布里可沒有閒心留下來陪著他。

見奧布里離開，亨利在冒險者們的幫助下輕易摸進了戴利的房間。冒險者讓亨利隱瞞他們的存在，先進去試探一下藥劑的事情。

看到對方偷偷摸摸地從窗戶翻進來，戴利嚇了一跳，立即上前把人拉進房間裡。

「這裡是二樓耶！你怎麼進來的？」戴利邊說，邊探頭往窗外看去，然而把人帶進去的丹尼爾已迅速躲開，戴利什麼也沒看見。

待戴利把頭縮回去後，冒險者們才攀到窗邊偷聽。幸好這扇窗不面對大街，平常不會有人經過樓下。不然這麼多人攀在窗戶旁，路人看到還以爲旅館遭賊了呢！

亨利挺了挺胸，道：「哼！當然是爬進來的，我可厲害了！」

戴利對此很懷疑，但也沒有深究，問：「你是誰？怎麼裝成獸族了。」

亨利道：「我是亨利呀！那戴利你又爲什麼要假扮成獸族？」

原本還想騙亨利自己是其他妖精的戴利，聽到對方用理所當然的語氣喊出自己的名字，心頭狂跳：「我不是戴利！」

亨利抱住雙臂道：「我知道你被人通緝，所以才假扮成獸族躲避追捕對吧？不然我們一起恢復原本的相貌，你敢嗎？」

在眞相面前，任何狡辯都是無力的，戴利垂頭喪氣地道：「好吧，我是戴利。」

亨利志得意滿地「哼哼」了兩聲，隨即又問：「那個暗黑藥劑到底是怎麼一回事？眞的是你發明的嗎？」

聽到亨利問出關鍵，攀在窗外偷聽的冒險者們全都全神貫注地等待著答案。

「是我煉製的沒錯，不過我可沒有往井裡投毒！」戴利蒙受這不白之冤早已悶了一肚子氣，現在亨利問起，他忍不住大吐苦水，吧啦吧啦地把這事情交代了一遍後，還舉證道：「煉製這藥劑時，我一直僞裝成獸族。要是我眞的往井裡投毒，那人看到的也不會是一個金綠色眸子的妖精！」

亨利疑惑道：「爲什麼你煉製藥劑要僞裝啊？」

戴利解釋：「這是傑瑞德的意思……」於是他又吧啦吧啦地道出被阿諾德「拋棄」後的事情。

躲在窗外偷聽的冒險者們對望了一眼，心想可以結案了。

戴利果然是被奧布里騙得團團轉啊……

不過確定了戴利並非懷著惡意煉製暗黑藥劑，亦沒有往井水投毒後，他們還是鬆了口氣。

亨利用看傻子的眼神盯著戴利：「那個人不叫傑瑞德，他叫奧布里，你被他騙了啦！奧布里是個壞人，你被誘拐了自己還不知道。那個害人的藥劑也是奧布里慫恿你煉製的，一定是他倒進井裡！」

戴利覺得「奧布里」這個名字有點熟悉，一時之間卻想不起是在哪聽過。不過聽著亨利說傑瑞德的壞話，戴利完全不相信亨利的說法，還生氣地反駁：「才不是！傑瑞德人可好了，你說他眞正的名字是『奧布里』，說不定這才是假名呢！傑瑞德是精靈族的衛兵，他早就告訴過我有時候追捕罪犯要隱藏身分了。」

說罷，戴利又道：「阿諾德有了未婚妻後不想理會我，這段時間我全靠著傑瑞德的照顧。他才沒有拐帶我，是我自願跟他離開的。雖然藥劑是傑瑞德提議我繼續煉製，可是他本意是好的。用死氣試驗，也只是因爲光明之力太稀有也太難得而已。」

亨利眨了眨眼，一臉問號。

阿諾德又是誰？

你被奧布里拐走，關人家有沒有未婚妻什麼事？

戴利，你不覺得你指責對方的語氣很像怨婦嗎？

亨利不了解事情，一時想不到理據說服戴利，再加上他這次過來只是試探一下戴利的態度，冒險者們早已告誡過他，要是戴利不相信，不用與對方爭論，順著對方的話敷衍一下後離開就好。

不過對於亨利這個自尊心高的孩子來說，要他虛應了事實在有些爲難，最後他還是說不出任何奧布里的好話，只是岔開了話題：「既然你不願意跟我一起走，那就算了。我不會跟別人告發你，不過我是偷偷跟朋友跑出來的，所以你也不能跟別人說見過我！」

戴利看得出亨利不相信他的話，不過他現在是個通緝犯，亨利不告發他已經很有義氣了，也不能強求更多。

兩個孩子很認真地打了勾勾後，亨利便告辭了。

這孩子打開窗戶，直接在戴利面前表演跳樓。

剛剛正要把人送出房間的戴利：「!!」

戴利連忙衝到窗外往下看，亨利的身影已經消失無蹤，當然也沒有他以爲會看到的屍體，又或者摔斷腿的傷者了。

莫名其妙地被亨利嚇了一跳，戴利嘀咕：「怎麼有門不走，硬要從窗戶出入？神經病！」

其實亨利就在窗戶的下方，正被布倫特穩穩地抱在懷裡。只是因爲角度問題，房內的人往下看也無法發現。

待戴利離開窗邊，亨利對著窗戶位置做了一個鬼臉，小聲笑道：「嚇到你了，嘻嘻！」

冒險者們交換了一個無奈的眼神。

雖然是他們讓亨利偷偷進入戴利的房間，以免旅館的人看到有人探訪，會把事情告知奧布里。

可是偷偷進入房間的方法多得是，是亨利主動提出要從窗戶出入的，就是爲了要嚇戴利一跳。

不愧是妖精，就是愛惡作劇呢！

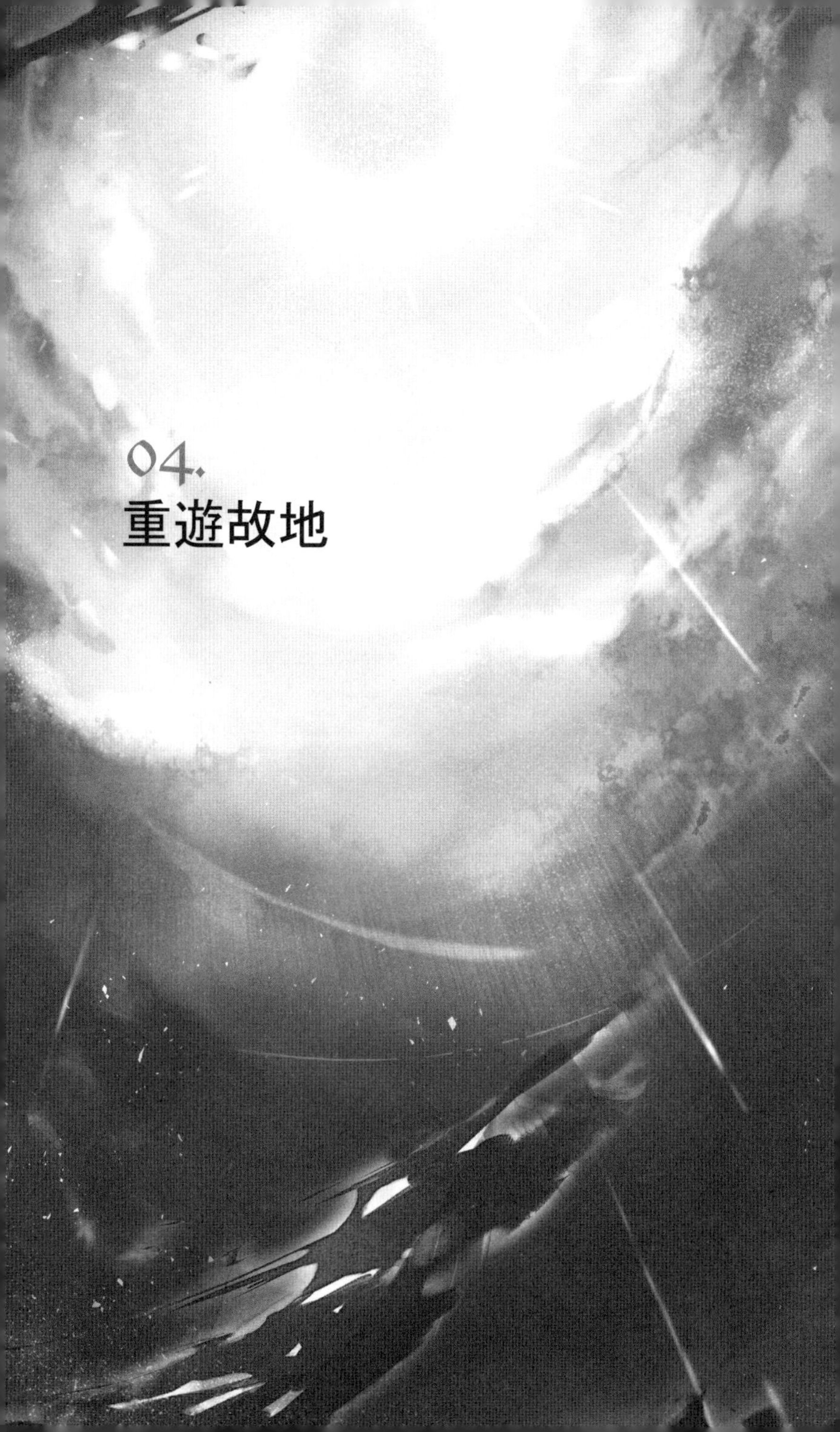

04.
重遊故地

如果冒險者要帶走戴利，其實在對方獨自留在旅館時便可行動。但他們商議過後，還是決定再觀察看看。

因爲眾人發現，奧布里竟然帶著戴利往深淵的方向前進！

這其中絕對有陰謀！爲了弄清楚奧布里想做什麼，冒險者們決定讓二人繼續旅程，他們則偷偷尾隨在後。

當然，這一切都以戴利的安危爲最優先。奧布里暫時看來待戴利還算不錯，因此他們不急著把人帶走。

於是便形成了奧布里與戴利在前頭走，冒險小隊與亨利尾隨在後的局面。

愈接近封印之地，魔族便愈是頻繁出現，城鎮的兵力部署也愈多。各種族強大的駐軍都集中在這些深淵附近的城鎮裡，更有消息指出，龍王與精靈女王已經趕到了前線。

四周都是巡邏的士兵，奧布里收起了先前漫不經心的態度，變得謹慎許多。也沒有再單獨留下戴利了，而是一直把孩子帶在身邊。

某一天，奧布里短暫離開了戴利一會後，拿著一片黃金龍的鱗片回來，告訴戴利這是龍王陛下給他煉製光明藥劑用的。

一直監視他們的冒險小隊當然知道這是騙人的，奧布里根本沒有與龍王接觸，那片鱗片是他從空間戒指裡拿出來的，也不知道收藏了多久，又是怎樣獲得。

這令眾人對奧布里的目的更加疑惑，哄騙戴利煉製暗黑藥劑他們能理解，就是用來作惡！

可是奧布里要光明藥劑幹什麼？總不是眞的想當個好人，用來對付魔族吧？

光明藥劑的出現，讓奧布里的目的更加撲朔迷離。

獲得了黑暗與光明的藥劑後，奧布里便留在最接近戰場的邊境城鎭中，像在等待著什麼似地，讓冒險小隊有些爲難。

畢竟他們還有任務在身，總不能跟著奧布里一起耗時間。

然而見對方冒著風險也要待在有重兵把守的邊境城鎭，一副要搞大事的模樣，不弄清楚他到底想幹什麼，他們也無法安心。

不能耽誤任務，也不能停下對奧布里的監視，所以冒險小隊果斷前往城鎮中的營區，向精靈女王尋求幫助。

冒險者們覲見精靈女王時，獸王與龍王也在會議室。奧布里與戴利同行時間不久，便鬧出了暗黑藥劑這種大事。現在逮捕奧布里不再單純是精靈族的內部事務，獸王與龍王於是留下來了解情況。

奧布里殘害同族，說是精靈族人人得而誅之的污點也不爲過，精靈女王恨不得立即把人就地正法。

不過同樣地，她也很好奇奧布里到底在圖謀什麼。

思索片刻後，精靈女王有了決定：「你們繼續任務，至於奧布里與戴利……保險起見，先把他們抓起來再說。無論奧布里有怎樣的陰謀，戰場上都不能存在任何不利的因素。」

對此冒險者完全沒有異議，相較於好奇奧布里的謀劃，當然是大家的安全更加重要。

隨即精靈女王看向了亨利：「這孩子也交給我吧，我會讓人把他護送到妖精原野。」

然而亨利卻搖了搖頭：「不，我不走，我要留下來！」

精靈女王皺起眉頭：「不行！這裡太危險了，你留下來幹嘛？」

布倫特也勸說：「亨利，你不是想回原野看看母樹嗎？現在距離原野很近了，回家去吧。」

聽到「回家」二字，亨利稍微動搖，但仍堅持道：「不！我要留下來！我幫助你們找到戴利，你們也要幫我！」

丹尼爾被亨利蠻橫的糾纏弄得有些生氣了：「我們當初說好的可不是這樣。」

見丹尼爾與亨利生氣地大眼瞪小眼，精靈女王饒有趣味地挑了挑眉：「小子，給你一個機會說服我。要是我不認同，你賴在這裡不走也沒用，我會讓人把你敲暈帶走，說得出做得到！」

亨利震驚地看著精靈女王，比起旁邊因爲不好插手精靈族內部事務而默默旁聽的龍王與獸王，女王顯得纖瘦又優雅，想不到一開口竟如此彪悍！

亨利知道精靈女王的話是認眞的，頓時不敢繼續胡鬧，就怕對方一言不合，直接敲暈自己。

「我之前的確是想回到原野沒錯。」亨利說：「現在還是想回去，我想家了。只是知道戴利的事情後，我又怎能把他留在外面面對危險？即使要回家，也要把戴利一併帶回去，不然我有什麼臉見母親？」

原本以爲亨利只是在鬧小孩子脾氣，想一齣是一齣，想不到對方執意留下來是因爲不放心戴利的安危。看著亨利眞誠的眼神，眾人不由得動容。

亨利懇求：「就讓我留下來吧，我可有用了！要是戴利還是執迷不悟地相信奧布里，我還有殺手鐧可以說服他。」

在亨利緊張的注視下，精靈女王微微一笑，道：「好吧，你說服我了。就留下來吧，你的安全由我負責。」

亨利頓時露出大大的笑容，高興地歡呼了聲。

決定去留後，亨利便毫不留戀地別過了冒險者們，屁顛屁顛地改爲跟在精靈女王的身旁。

冒險者們：「……」

雖然不想被亨利糾纏，可是這種「被用完就丟」的感覺是怎麼一回事？心情有些複雜。

交代了奧布里的事情後，冒險者轉而向幾名首領討論接下來將要進行的任務。

龍王想了想，道：「你們打算什麼時候進入封印之地？」

即使結界已經被破壞，人們還是習慣把魔族侵佔的區域稱爲「封印之地」。不過這都只是個名字而已，無論有沒有結界，能夠意會就好。

布倫特道：「不知道魔族什麼時候會再次發難，我們的行動愈快愈好，現在封印之地是什麼情況？」

龍王道：「上一次突襲失敗後，魔族暫時消停下來，但它們依然源源不絕地從深淵冒出，只是像獲得了什麼指示般，停駐在深淵附近。」

魔族沒有展開攻擊，聽起來是好事，可布倫特卻顯得憂心忡忡：「邊境城鎮距離深淵不遠，魔族追求殺戮，理應會闖入城鎮才對。穿越後靜止不動有違魔族天性，是有什麼東西束縛著它們嗎？」

魔法大陸的各種族從來不認爲魔族是活著的生物，因此一直以「它」來稱呼它們。這些侵略者是只會殺戮的怪物，它們悍不畏死，亦沒有智慧與思想，死後更不會留下屍體。

可是這已經不是魔族第一次出現奇怪、彷彿有組織般的行動了。

不怕死的敵人雖然令人頭痛，然而卻遠不及懂計謀的敵人來得讓人忌憚。

也許因爲深淵與魔法大陸之間的裂縫不穩定，魔族穿越而來的速度並不快，但卻從不間斷。自從上一波襲擊後，封印之地的魔族已再次累積至可怕的數量。

從深淵而來的魔族全聚集在裂縫四周，與冒險小隊這次要前往的神殿很接近。

先不說冒險者們闖入封印之地會不會驚動到它們，啓動石碑的力量後，一行人會受到艾德記憶碎片的影響，萬一那時魔族進攻，冒險小隊很有可能無法及時反應。

於是龍王體貼地提出：「我與近衛軍護送你們進去吧。龍族體型龐大，正好可以吸引魔族的目光，讓你們混進去。」

布倫特有些訝異：「陛下不用親自陪同我們進去，派一支小隊與我們同行就可以了。」

這次的行動確實有很大風險，說不需要別人幫忙太過自滿，可是他卻也覺得沒必要讓龍王以身犯險。

然而龍王心意已決：「我也想親眼看看封印之地的情況。」

龍王從不畏懼戰鬥，雖然不知道人類到底在光明神殿有沒有留下什麼重要的東西，可只要是與光明之力扯得上關係的，都值得他認眞對待。

獸王信任龍王的實力，對於龍王親自當誘餌的決定沒有絲毫異議，他拍了拍胸口道：「你離開的這段時間，我們會穩穩守住邊境，不會讓魔族再往前踏足一步！」

精靈女王也笑道：「你們出發後，我便處理抓捕奧布里之事。可惜這裡不能缺人，要是跑掉了兩個首領只怕會人心不穩，不然我也想親自去封印之地看看。」

好戰的獸王同樣惋惜道：「我也是，眞討厭待在這裡乾等。」

龍王有些得意地說：「誰教你們晚表態，就只得待在這裡等我回來囉！」

獸王與精靈女王皆一臉可惜的表情，但其實心裡也知道龍王是最適合深入敵陣當誘餌的角色。畢竟龍族能夠飛翔，要是眞的出了什麼事，逃脫的機率大大超出他們二人。

想當初魔族突襲，精靈女王與獸王爲了能迅速帶軍隊趕至邊境支援，可是費了不少心思修復連接人類城鎮的傳送陣。那些作爲傳送陣燃料的魔法晶石，在這次傳送軍隊中消耗了大半。

然而龍族卻是直接飛了過來，而且速度不比他們慢多少。

這麼一想，還眞的有些羨慕龍族的機動性了呢！

這一次的行動，龍王與他所帶領的一隊戰士以龍形姿態高調進入封印之地。冒險小隊則趁魔族的注意力被引開時，潛入舊神殿的位置，以艾德之血啓動石碑。

跟隨龍王進行這次行動的龍族戰士雖然人數不多，卻個個都是龍族中實力強大的菁英，也是對龍王最忠心耿耿的戰士。

龍王親自率領龍族最精銳的戰力直闖敵區，讓人不得不佩服他的自信與魄力。即使實力被壓制多年，依然沒有消磨他的意志，他是名出色的君王，同時也是堅定的戰士。

獸王與精靈女王雖然不能親自同行，但也各自派了一隊菁英護送冒險小隊。與在天空吸引火力的龍族不同，這兩隊士兵會陪同冒險者們低調前行，在他們啓動石碑時護衛在側。

因爲信任精靈女王與獸王的選派，冒險者沒有插手隨行人員的安排。結果將要出發時看到帶隊的人後，都忍不住樂了。

無論是精靈族還是獸族小隊，帶隊的都是熟面孔。

獸族帶隊的人是熊族的巴里特，正是阿諾德的菁英哥哥。

至於精靈族帶隊的人，則是與他們才分別不久的傑瑞德。

丹尼爾忍不住揶揄道：「我還以爲你會有別的任務呢！」

畢竟奧布里在外面用著「傑瑞德」的身分招搖撞騙，實在太噁心人了。丹尼爾原本還以爲傑瑞德這個受害者一定憋了滿肚子的氣，會向精靈女王申請留在邊境城鎮親自監視對方。

傑瑞德明白丹尼爾的言下之意，絲毫沒有掩飾對奧布里的厭惡，氣噗噗地道：「我怕我留下來會忍不住揍他一頓，所以才自薦來保護你們的！」

雖然傑瑞德的遭遇令人同情，可是丹尼爾還是不厚道地笑了。

看到丹尼爾的笑容，傑瑞德有些欣慰地道：「艾德的事情我已經知道了……他已經安葬在精靈森林，我很遺憾，但也很高興你沒有因此而太過沮喪。」

因爲受到人類父親的影響，丹尼爾從小便很討厭人類。然而傑瑞德看得出來丹尼爾是打從心底視艾德爲友人的，即使他總是口不對心，但傑瑞德還是知道對方很重視艾德。

不同於與族人關係和諧的傑瑞德，丹尼爾擁有的重要事物本就不多，相較於精靈族的族人，也許丹尼爾更加重視那些與自己出生入死的冒險者同伴。

所以在傑瑞德得知艾德死亡的眞相時，眞的很擔心丹尼爾會大受打擊，甚至冒險小隊因爲此事而分崩離析。

可現在他所擔心的事都沒有發生，眞是太好了。

聽到傑瑞德提起了艾德，丹尼爾沉默片刻，道：「人總要往前看。」

就像艾德孤單地在陌生的時代甦醒，他難道就不難過嗎？

當然是難過的，可是那個外表孱弱、內心無比強大的青年，卻總在黑暗中努力發著光。

丹尼爾也許沒有艾德這麼勇敢，可是作爲艾德的同伴，他又怎能過於軟弱，沉溺在過往的傷痛中呢？

一行人打過招呼，便往目的地出發。

進入封印之地以後，冒險者一行人全都沉默著前進，就連腳步聲也細不可聞。

相反，龍族則以龍王爲首，相當高調地在上空飛行。

飛在最前頭的龍王還認爲自己不夠顯眼似地，只見他把光元素聚集起來，不爲別的，就爲了讓自己每一片鱗片都顯得閃閃生輝。

他們的計畫很成功，魔族瞬間被龍族小隊吸引過去。其中澄亮亮的龍王絕對功不可沒，在場所有龍族加起來都沒他風騷。

那抹佇立在深淵上的黑影也彷彿察覺到龍族的到來，雖然沒有動，然而一眾龍族都感覺到被強烈注視著。這種充滿黏稠的惡意，令人非常不舒服。

龍族小隊忍受著這股略帶噁心的感覺，圍繞著魔族在半空盤旋飛翔。地面的魔族騷動不已，好幾次想要往他們撲去，但像是被什麼控制一般，動作硬生生地半途停下，只能在原地向龍族咆哮。

魔族被龍族小隊吸引目光之際，冒險者一行人也成功來到了目的地。

重遊故地，布倫特等人的心情都很複雜。他們在碎石堆中找到了石碑，石碑上還殘留著當初丹尼爾不小心抹上去的血跡。只是當初的鮮紅，已因時間的流逝而變成了黑褐色。

現在回想起來，丹尼爾之所以能夠喚醒艾德，也許便是因爲體內的人類血液。

爲免一起被捲入回憶幻境中，獸族與精靈小隊四散開來，團團圍住神殿。雖然這座光明神殿已經變得破敗荒涼，然而眾人從地面散落的建築殘骸中，仍能知道這座神殿的範圍有多大。

根據之前的經驗，石碑幻影影響範圍有限，而且不會超出神殿。因此兩支小隊選擇待在外圍，待冒險者們陷入幻象時保護他們。

他們的預測很準，丹尼爾啓動石碑後，一陣耀眼聖光亮起，把幾名冒險者包裹在其中。

同一時間，原本被龍族吸引注意力的魔族不約而同地捨棄那些在上空不斷滋擾的巨龍，轉而目光炯炯地往聖光閃耀處看去。

就連那股強烈、充滿惡意的注視也轉移了。龍族卻沒有因此鬆了口氣，反而一顆心提了起來。

即使沒有證據，他們依然直覺認爲是那抹詭異身影在控制這些魔族。現在黑影的注視被光明神殿的聖光吸引過去，絕對不是一件好事。

果然，龍族擔心的事情發生了。

早在龍族闖入封印之地後一直顯得很焦慮、卻被不明力量壓制著沒有攻擊的魔族們，此刻就像突破束縛的惡犬，全數往光明神殿衝去了！

顯然那個神祕的存在放鬆了對魔族的控制，而相較於那些在上空耀武揚威的龍族，耀眼聖光更能拉高仇恨值。

巨龍當然不能放任魔族繼續往前，他們迅速改變在上空吸引注意的戰略，開始降低高度，對魔族展開進攻。

龍族不斷往地面噴射龍炎，即使魔族對光明力量以外的攻擊都有著天然的抗性，可這些巨龍全是龍族中魔力最強大的菁英，不少魔族仍舊在龍炎下灰飛煙滅。然而魔族數量實在太多了，而且全都悍不畏死。它們就像可消耗的廉價武器，殺得再多，也能從深淵源源不絕地補充數量。

不過值得高興的是，龍族的攻擊成功拉了一波仇恨，讓他們再次榮登魔族攻擊的優先順序第一名。

魔族外表五花八門，它們所擁有的力量同樣變化多端，即使沒有飛行能力，與天空中的巨龍對戰也不是只會捱打。無論是高超的彈跳力、能夠從身體射出銳利的鱗片與尖刺，還是伸縮自如的觸手，都有著令人無法忽視的攻擊力道。

擁有飛行能力的魔族更是像蒼蠅般，雖然暫時無法破開龍鱗的防護，可真的太煩人了！

何況龍族也不是完全刀槍不入，他們的眼睛與逆鱗便是弱點，再加上他們的抗毒能力並不如物理防禦來得強悍，偏偏魔族渾身上下都是富含毒素的暗黑死氣，只要身上有一道小小傷口，死氣便會立即入侵。

即使沒有受傷，死氣也會持續削弱巨龍的力量。幸好龍王是擁有光屬性的黃金龍，他每隔一段時間便會用光明魔法為龍族淨化，讓他們能夠保持最佳的戰鬥狀態。只是這不是長久之計，所以龍王沒打算與這些魔族繼續耗下去。他們這次的目的是守護光明神殿的冒險者一行人，撐過這段時間即可。

此刻深淵的情況以「群魔亂舞」來形容，實在最適合不過。

雖然龍族已經很努力地阻擋魔族前進，不過仍有部分魔族越過了他們，往光明神殿而去。

對於這些闖過他們防線的魔族，龍族沒有花力氣追殺，畢竟擋住前仆後繼擁來的魔族更加重要。

而那些越過防線的，就交給獸族與精靈族的精銳來對付了。

場面混亂無比，因此沒有人注意到其中一隻飛行魔族在闖過龍族的防線後，沒有像它的同伴般往光明神殿飛去，而是縮小了體型，飛往邊境城鎮的方向。

05.
暗算

時間回到稍早之前，精靈女王送別了前往封印之地的眾人後，便對獸王道：

「這裡先交給你指揮了，我去去便回。」

獸王挑了挑眉：「妳不是派了人去監視他了嗎？還要親自去抓人？」

「當然！奧布里那小子詭計多端，不親自走一趟我可不放心。」精靈女王可沒忘記族人這些年來是怎麼被奧布里騙得團團轉的，雖然她本人也好不到哪……

想到自己當初還覺得奧布里是個樂於助人的好孩子，因爲對方與丹尼爾同樣是孤兒，她便經常安排二人一起行動，就是希望他們能夠成爲好朋友，讓奧布里的友善樂觀可以感染丹尼爾。

那時候丹尼爾特別不喜歡奧布里，她還覺得是丹尼爾的問題，甚至覺得有些對不起老是被丹尼爾「欺負」的奧布里。

現在回想起來，被欺負的小可憐只怕是丹尼爾才對。

只要想到丹尼爾在自己不知道的時候，因爲奧布里而被同伴排擠，她便覺得內疚又心疼，對奧布里的厭惡也更深了。

聽到精靈女王要去抓人，亨利立即叫嚷：「我也要去！」

精靈女王道：「不……」

然而亨利卻不管不顧地撒嬌：「好嘛！帶我去嘛！有您保護我，我會很安全的！」

亨利看準了精靈女王吃軟不吃硬的性格，向對方瘋狂輸出。

精靈女王也確實吃亨利這一套，因為自己的身分，族人雖然尊敬她，卻始終不算太親近。她與唯一的晚輩丹尼爾又一直關係緊張，直至最近才和緩下來。

這還是第一次有小孩子軟軟地向她撒嬌，精靈女王很快就心軟了：「好吧。但你要跟著我，別做多餘的事情。」

亨利立即連聲說好。

精靈女王原本打算單槍匹馬過去抓人，可現在有亨利同行，她便不敢托大，調動了一隊士兵同行。畢竟除了亨利外，還有一個被敵人洗腦的戴利須要保護，精靈女王實力再強也怕分身乏術。

她素來行事謹慎，正因如此，雖然很好奇奧布里的謀劃，卻依然決定先把人控制住再說。

龍王親自前往封印之地，營區基地就只剩下獸王與精靈女王主持大局。精靈女王不能說走就走，她把手頭緊急的工作處理好以後，才帶著亨利與一隊士兵前往抓人。

然而就在精靈女王有所行動之際，看到龍族浩浩蕩蕩闖入封印之地的奧布里，同樣有了行動。

他一臉嚴肅地對戴利說道：「我們有危險了！」

奧布里對待戴利時一向笑咪咪的，非常和藹，所以戴利被對方突然變臉的表情嚇到：「怎麼了!?」

奧布里以非常急切的語氣說道：「我們的身分被人發現了！」

戴利心慌意亂地道：「我回房間收拾東西……」

奧布里拉住戴利：「沒時間了，我們要立即離開這裡！」

奧布里話裡的意思，以及說話的語氣、表情，都讓戴利充分感受到事情的急迫性。面對突如其來的狀況，很多時候人們往往來不及多想，特別是慌亂時，只要有信任的人給予指示，便會下意識地服從。

戴利也是一樣，慌亂之下腦袋一片空白，來不及思考太多，幾乎對方說怎樣做，他便怎樣做，完全沒有異議。

看到二人要跑路，負責看守他們的精靈也慌了。

什麼時候派人抓捕奧布里了？怎麼完全沒有聽說!?

然而這幾名精靈已來不及查探事情眞僞，他們不能眼睜睜看著二人逃跑，只得隨機應變地埋伏在屋外，等他們衝出房子時，再將人控制住。

雖然戴利是被通緝的罪犯，不過看在對方年紀還小，而且很大機率是被奧布里誘騙犯案的份上，這幾名精靈族人還是希望在抓人時，盡量不讓對方受到傷害。

但他們卻不知道，奧布里早就發現有人監視他了。他對視線很敏感，加上這幾個精靈覺得奧布里已是甕中之鱉，行事略有放鬆，便被對方察覺出端倪。

因此他找到適合的逃跑時機後，便謊稱追捕他們的人找來了，就是爲了騙外面監視他的人，讓對方亂了陣腳。

奧布里一臉無措，心裡卻非常冷靜，在他的細心觀察下，果然看到門縫有道可疑影子一閃而過。

幾名精靈屏息以待時，黑色的藤蔓突然穿地而出，把他們死死纏住！

最可怕的是，藤蔓附帶死氣，還故意刺破精靈們的皮膚並注入死氣，即使他們身懷自然氣息，對死氣有一定的防禦，但還是會感到很痛苦，渾身上下失去了力氣。

戴利一出門，便被眼前景象嚇了一跳。雖然藤蔓將死氣注入精靈皮膚後就馬上消失不見，但還是被戴利捕捉到了。

想到藤蔓泛著的死氣，以及眼前這些無力倒在地上的精靈痛苦的模樣，戴利結結巴巴地詢問：「傑、傑瑞德……你的藤蔓怎麼有死氣？」

奧布里對此沒有否認：「我將暗黑藥劑用來灌溉藤蔓，還餵養了一些妖獸，一會你便能看見了……戴利，我們現在的處境很危險，我這麼做也是爲了能更好地保護你，你會明白我的吧？」

再一次被對方那「爲你好」的言論說服，何況現在情況危急，也不是追究這些事情的時候。

雖然戴利依然覺得利用死氣的做法不好，可是想到對方這樣做都是被自己連累，他便自覺沒有立場再說什麼，甚至還有些感動。

很快地，戴利看到對方剛剛提及的、那用暗黑藥劑餵養出來的妖獸。那是一隻外形類似禿鷹的魔物，只是它身上長滿膿包，有些包還黏稠得好像要融化一樣，看起來非常噁心。

這隻魔物，其實就是那隻從封印之地飛出來的魔族。奧布里從小跟隨艾尼賽斯學習的黑魔法派上了用場，趁混亂成功把它召喚出來。

魔族降落在奧布里面前後，變回了原本的大小，看起來更加噁心了。

戴利忍不住害怕地退後幾步，然而奧布里卻拉住他道：「不用怕，它是來接我們離開的，不會傷害你。」

說罷，他便攀上魔族的背，向戴利證明真的很安全後，笑著向孩子伸出了手。

戴利其實一點兒也不想接近那隻醜陋的魔物，更別說坐到它背上了，但傑瑞德都向自己伸出手了，雖然滿心不情願，但他還是乖巧地上前。

就在戴利牽住對方的手、正要借力攀到魔物背上時，遠處傳來了呼喊聲：「戴利！別走！」

戴利回頭看去，只見一隊精靈族士兵往他們趕來。

亨利正與精靈女王共乘一騎，見戴利往他們看去，連忙揮著手再次高呼：「不要過去！這個傑瑞德是假的，你相信我！他是壞人！」

奧布里看到精靈女王竟然親自出動，不由得眉頭直跳。心想他剛才謊稱有追兵搜捕他們，結果還真的有人追過來了，難道他是烏鴉嘴嗎!?

戴利完全不相信亨利的話，聽見對方再次說「傑瑞德」是壞人，生氣地反駁：「我不許你再說傑瑞德的壞話！亨利你明明答應過我，不會把我們的行蹤洩露出去，可現在卻帶人來追捕我們。你這個大騙子！我討厭你！」

說完後，他緊緊握住奧布里的手，讓人把自己拉上了魔物的背。

戴利還未坐穩，魔物便已拍動翅膀起飛，頓時揚起一陣猛烈強風。要不是對方一直緊緊拉住他，他差點重心不穩摔了下去。

追捕二人的精靈族全都拉開了弓，即使身處顛簸的馬背上，瞄準奧布里的箭矢依舊精準。

精靈們的箭術所向披靡，魔族拍動翅膀形成的強風無阻箭矢的攻擊。眼看奧布里將被射中，黑色藤蔓突然從他身體往外延伸，帶著死氣的藤蔓將這些箭矢全數擊落，更指向了驚呆的戴利，威脅意味濃厚。

戴利沒看見自己背後藤蔓的動作，逕自探頭往地面看去，嘴巴連連催促著「我們快跑！」，卻不知道真正致命的危險就在身後。

精靈們猶豫了，在戴利拒不合作、奧布里與他的距離又這麼近的狀況下，他們無法保證戴利的安全。

精靈女王仰首看著上空，銳利的視線與奧布里對上，看到對方回以一個挑釁的笑容。

精靈女王知道是她大意了，她想不到奧布里竟然能夠召喚魔族供自己差使。似乎這人與黑暗那邊的牽扯，比她想像中大得多。

這麼一來，她更不能讓奧布里兩人逃走了，也許冒著會傷到戴利的危險將他們留下，才是她現在應該做的事。

當權者從來都不是心軟的人，很多時候爲了保全族群延續，犧牲少數人的利益是必須的。在關鍵時刻下命令、做這個惡人的，便是當權者，因此再仁慈的王也可以顯得心狠手辣。

像現在，精靈女王便已經思考著是否應該無視戴利的安危，也要把顯然與魔族有關的奧布里留下來了。

亨利感受到精靈女王的殺意，他按住了對方拉弓的手，懇求道：「先別！我會讓戴利跳下來！你們把人接住就好。」

精靈女王覺得亨利實在太天眞，看戴利一心想與奧布里遠走高飛的模樣，又怎會聽得進去？要是亨利眞的能說服對方，對方就不會跑到魔族的背上了。

然而下一秒，精靈女王卻看到戴利神情變得很奇怪。她微微一怔，心裡想到一種可能。

此刻的戴利感到很混亂，因爲亨利竟然與他的精神連繫上了！

這是妖精特有的心靈感應，從很久以前，他們便是一個情感共享的種族。雖然這種能力已被關閉，卻不代表消失了。

只是產生各自的人格後，妖精們也有了隱私的概念，不會主動與兄弟們進行精神連繫。

可亨利卻毫不猶豫地與戴利連繫上了。這種感應很特殊，它會互相傳遞彼此的想法與認知。

現在戴利的腦海中便多了很多對他與奧布里相處的評價。而且這種認知的融合並不是像看故事的感覺，而是讓戴利切切實實以亨利的身分，感受到他與奧布里之間相處的異樣。

戴利再信任奧布里，當他以旁觀者的身分重新回憶起兩人之間的點點滴滴時，還是找出了不少當時從未察覺到的破綻。

回憶著各種細節，戴利的心就像切開分成了兩邊，一邊感到對奧布里的信任與溫暖，一邊則是察覺到對方掌控他的毛骨悚然。

那些以「爲你好」爲名、實際卻是一步步進行操控的舉動，戴利作爲當事人被哄騙得有多感動，以外人視角看起來就有多恐怖。

旁觀者清，更何況亨利不是單純告訴戴利他的想法，而是讓戴利以旁觀者的思維來回顧與奧布里的相處！

這一切聽起來很複雜，可都只發生在瞬息之間。亨利讓戴利從奧布里的洗腦中清醒過來，更在他的腦海中大喊「跳下來！」。

此時的戴利對奧布里的喜歡已經變成了恐懼，本就滿心要逃離他的身邊。聽到亨利這麼一喊，沒有多想自己跳下去該怎麼辦，下意識便依照指示做了！

奧布里還在與精靈族對峙，他對戴利很放心，所以沒有太關注這個插翅難飛的人質。誰知道，偏偏就是這個人質出了意外！

戴利的神情顯得很不對勁，於是精靈女王猜到是亨利做了什麼，早已準備好隨時接人。只見她往奧布里射出一箭後，直接從馬背上一躍，把戴利穩穩抱在懷裡。

奧布里原本伸出藤蔓要把戴利撈回，偏偏精靈女王射出的一箭他怎樣也躲不過，只得放棄抓人，把藤蔓收回後才來險之又險地擋住這致命的一擊。

不捨地看了看被精靈女王抱在懷中的戴利，奧布里知道自己是沒辦法把人抓回來了。調教了這麼久的玩具突然沒了，奧布里心裡自然不爽，然而他還有更重要的事情要做，戴利丟了便丟了吧，反正也沒什麼用處了。

這麼想著，奧布里便讓魔族加快速度離去。其他精靈族反應很快，立即進行攻擊。不用顧忌戴利這個人質，精靈們的攻擊除了射向奧布里之外，作爲坐騎的魔族也是目標之一。畢竟把它打下來，奧布里自然無法走遠。

魔族拍動著翅膀努力飛離箭矢的射程，它中了好幾箭，隨著飛翔的動作，帶有腐蝕性的血液飛濺到四周，就像下了一場黑色的血雨。不僅追捕他的精靈族，隨著魔族的移動，不少走避不及的民眾也因爲觸碰到血液而受傷。

然而精靈族戰士卻沒有因此退縮，對他們來說，血雨造成的皮外傷除了有些痛，根本不足爲懼，他們的自然之力可以淨化死氣，因此毫不猶豫地冒著血雨的侵襲繼續追捕。

精靈女王扯下披風蓋住亨利與戴利，隨即策馬追了上去——拉弓，瞄準！

這一箭越過了其他族人射出的箭矢，越過魔族展翅拍動的烈風，也在奧布里藤蔓格擋的狹縫中險險穿了過去……快狠準地射中他的額頭！

看到奧布里倒在魔族背上時，眾人都鬆了口氣。

總算把他殺死了！

魔族失去奧布里的控制後，再次受到本能的驅使被聖光吸引，往光明神殿的方向飛去。

一名精靈族戰士詢問：「陛下，要追嗎？」

精靈女王搖首，道：「大家先處理傷勢，也看看附近的民眾是否需要幫助。」最大的威脅已經解除，救助傷者顯然比追捕遠離的魔族更加重要。

精靈女王也被黑雨淋到，不過傷勢並不嚴重，因此她沒有在意，返回不久前放下亨利與戴利的地方。遠遠便見兩個孩子沒有亂跑，他們依然蓋著女王的披風，乖巧地在原地等她回來。

「你們沒事吧？」精靈女王收回了披風，仔細打量兩個小孩。

亨利與戴利聞言搖了搖頭。精靈女王把他們保護得很好，又及時用披風護住他們，他們完全沒有淋到黑雨，就是戴利有點小擦傷而已。

精靈女王吁了口氣，微笑著正要牽上孩子們的手，視線卻突然變得模糊，身子也軟綿綿的沒什麼力氣。

看到精靈女王突然半跪在地、似乎很痛苦的模樣，兩名孩子被嚇了一跳：「陛下，妳怎麼了嗎？」

精靈女王失去意識前最後看到的，是遠處精靈族戰士昏倒在地的景象。

狀似禿鷹的魔族離開了邊境城鎮，它就像其他眾多魔族般，飛蛾撲火地向著光明神殿的聖光衝去。

魔族沒有自我意識，它們不畏懼死亡。相較於個體的存活，如何讓死氣像病毒般蔓延已刻劃在每個魔族的基因中，因此它們對任何活物都具有攻擊性，也對危及族群存亡的聖光有著強烈敵意。

然而這隻魔族卻未能如願飛到光明神殿，在它進入封印之地時，再次被暗黑魔法操控，揹著奧布里的屍體改變了飛行路線，最後降落到深淵前。

此時，佇立在深淵上方的黑影愈發凝實，恐怖的威壓與令人窒息的惡意亦愈漸強烈。

可見隨著時間的流逝，這道身處空間裂縫的黑影與魔法大陸愈來愈接近，終有一天會從深淵直接降臨。而且以它變化的速度判斷，已是迫在眉睫。

不過操控那頭禿鷹魔族的卻不是這道黑影，而是不知已在深淵旁邊多久的艾尼賽斯。

艾尼賽斯控制魔族把背上的奧布里放到地上，便解開了對它的操控。

隨即他從空間戒指中拿出一個小小的盒子，這個盒子是由黑色石頭雕刻而成，隨著艾尼賽斯唸出一段咒語，這個其貌不揚的盒子發出一道幽幽黑霧。在黑霧的圍繞下，躺在地上的奧布里竟然睜開了雙目！

任何人看到這種情況，一定會以爲奧布里復活了。

可實際上奧布里沒有體溫與心跳，雖然能夠活動，可他慘白的皮膚與紫青的唇色，怎樣看都不像個「活人」。

奧布里也的確沒有眞正地活過來，他之所以死去後屍體仍能活動，得益於他先前所做的布置。

雖然戴利信守承諾，沒有將與亨利見面一事告訴奧布里，可奧布里很了解對方，這個心思單純的傻孩子完全瞞不過他。

有了懷疑後，奧布里很快便察覺到他們被人跟蹤了。

奧布里不是沒想過撤退，可是眼看通道將正式連接，闇黑之神就要從深淵降臨，他實在不想錯過第一時間在未來老闆面前大獻殷勤的機會。

於是奧布里邊帶著戴利接近封印之地，邊做了一個大膽的準備。他用黑魔法製作了一個命匣，並將它交給艾尼賽斯保管。

雖然奧布里這次帶著戴利前往邊境城鎮，便是懷著立功後把艾尼賽斯拉下來、自己上位的打算，可在雙方撕破臉以前，同樣修煉暗黑魔法的對方仍是他的盟友，也是他唯一可以託付命匣的人。

事情基本如奧布里所想般發展，他操控魔族的這一手顯然讓追兵始料未及。只是奧布里仍然失算了，他想不到精靈女王會親自前來抓捕他，要不是早已做好最壞的打算，只怕眞的要止步於此。

06.
巫妖

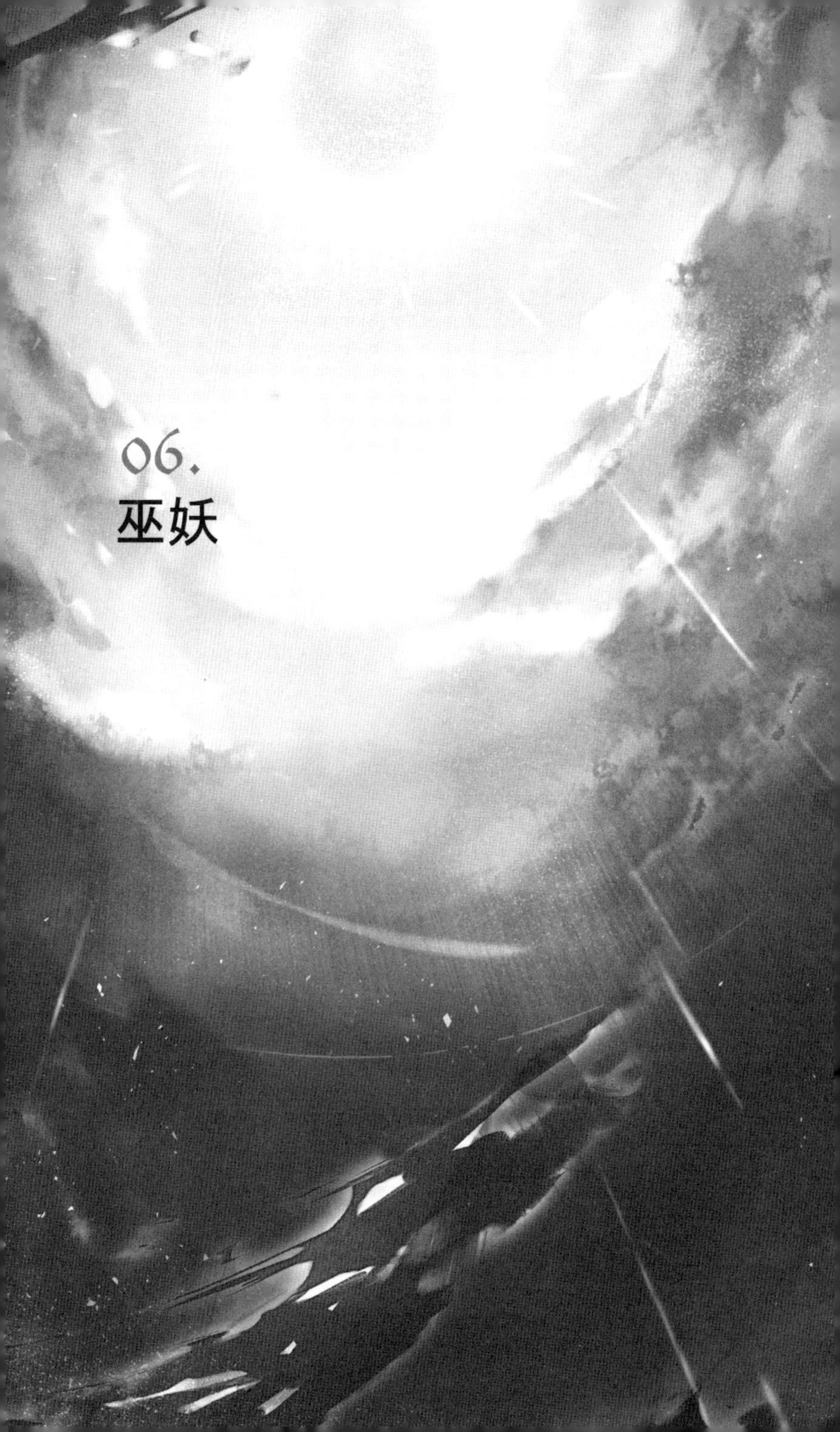

奧布里之所以會「活」過來，是因爲他在死後把自己轉變成了巫妖。

從此，他不再是精靈，而是一名不死者，正式成爲黑暗的一員。

奧布里的身體只是一具行屍走肉的傀儡，他的靈魂存放於命匣。現在的奧布里，即使破壞了身體也無法對他造成任何創傷。只有損壞命匣，才能眞正消滅對方。

唯一美中不足的是，現在命匣在艾尼賽斯手裡。

「恭喜你完成了轉生，現在你距離偉大的闇黑之神大人更加接近了呢！」艾尼賽斯微笑著向奧布里道賀，卻絲毫沒有把命匣歸還給對方的意思。甚至還當著他的面，把命匣放回自己的空間戒指裡。

奧布里知道即使詢問，對方也不會歸還命匣，便也沒有自取其辱了。

不過這點讓奧布里更加堅定對付艾尼賽斯的決心，之前還只是單純想在闇黑之神面前獲取更大的話語權，他不爽艾尼賽斯比他更受重，這才想把對方踩到泥沼裡。

現在自身的安危被對方捏在手中，對於從小是個孤兒、性格敏感又極欲掌控自身命運的奧布里來說，是絕對無法忍受的。

可奧布里就是能忍，即使心裡滿是如何幹掉艾尼賽斯的算計，臉上卻完全沒有絲毫不滿，對艾尼賽斯保管命匣這件事表現得理所當然一般，怎麼看都是個全心全意敬重並信任老師的好學生。

艾尼賽斯對奧布里的態度很滿意，他不是沒察覺到奧布里的反叛之心，不過他完全不在意，反而還覺得挺有趣的。

在他看來，奧布里的所有暗黑魔法都是他教授的，他不認爲對方能夠對自己造成任何威脅。

艾尼賽斯詢問：「你把戴利煉製的藥劑撒至邊境城鎮？」

雖是疑問句，但語氣非常肯定，顯然即使身處封印之地，他也一直關注著外界發生的事。

奧布里得意地道：「當然，精靈族這麼用心追捕我，連精靈女王都親自出馬了，我當然要好好『回報』他們啊！」

他哄戴利煉製魔藥，本就打著在邊境城鎮使用它的主意。雖然這麼做能夠讓城鎮大亂，可奧布里沒有信心能夠對討伐深淵的主力部隊造成打擊。

想不到這次精靈女王竟然親自出動，這麼好的機會當然不能放過。要知道這可是完全版的暗黑藥劑啊！用他的一條命來換變成魔物的精靈女王，這場買賣不虧。

艾尼賽斯笑道：「那就好。趁那邊一片混亂，我們正好可以迎接主人的降臨。」

他口中的「主人」，自然是傳說中的闇黑之神了。

奧布里雙目一亮，他從小便被艾尼賽斯灌輸各種有關闇黑之神的傳說，一直對祂非常敬仰。在奧布里看來，只有闇黑之神可以爲他打造一個充滿「惡」的世界。到那時，像他這種喜歡操控人心、愛看別人受苦的人，將不再是異類。

艾尼賽斯召喚出骨龍，並躍至它的背上。成爲巫妖的奧布里見狀，也隨即飄浮到半空中。

只見艾尼賽斯吟誦一段咒文，封印之地的死氣立時沸騰了起來。連接深淵的空間裂縫，就像被一雙看不見的手猛地撐大！

✦✧✦

此刻的冒險者們並不知道這麼短的時間內，外頭情況已翻天覆地地轉變。

甚至當他們被捲入石碑幻境中，看著四周魔族橫行的混亂狀況，一時之間還以爲自己仍待在神殿外。畢竟他們觸發石碑後，看到的就是群魔亂舞的景象！

可很快地，他們立即反應過來。

因爲他們踏入的光明神殿附近，可沒有這麼多逃亡的民眾。何況這些驚慌失措的平民，全部都是人類！

大量魔族到處殺戮，人民驚恐逃跑。看著眼前淒慘的情景，貝琳喃喃自語道：

「這……這是人類帝國滅亡時的記憶？」

眼看一隻魔族撲向一對走避不及的母子，埃蒙下意識想上前阻止。然而他卻無法觸碰到幻象，只能眼睜睜看著這對母子雙雙死在魔族的利爪下。

身邊全是血腥與哀號，一片世界末日般的景象。即使見慣各種戰場的埃蒙，也被眼前充滿絕望的場面震撼到了。

丹尼爾環顧四周，發現他們此刻身處於神殿外面。幻境中的人類帝國正陷入戰火之中，此時的光明神殿仍未被戰爭與歲月摧毀。

丹尼爾不是第一次來到這裡，卻是首次看到這座光明神殿完好無缺時的模樣。這是一座他所見過最宏大的神殿，外觀美麗大氣，佔地極爲廣闊，可以看出人類在建造它的時候耗費了多少心血。

不過這也是理所當然的事，這座神殿可是建於皇城內，是所有光明神殿之首，也是所有光明教徒心目中的聖地。

可惜現在這座令人歎爲觀止的宏偉建築已成一片廢墟，想到現實中神殿殘留下來的破瓦頹垣，丹尼爾便感到一陣唏噓。

布倫特道：「既然這是艾德的記憶，也就是說，在人類帝國滅亡時，他就在現場？」

艾德這個「最後的人類」現身時，冒險者們曾爲他的存在進行過討論。他們猜測也許當時對方不在帝國裡，是少數倖存下來的幸運兒之一。

後來因爲各種族對召喚深淵的人類恨之入骨，艾德便躲回光明神殿，不知用什麼方法讓自己陷入漫長的沉睡，待大家漸漸淡忘對人類的仇恨後才甦醒。他的失憶，也許是使用這種特殊魔法的後遺症也說不定。

可如果幻境所見的事物是源自艾德的記憶，那他們的猜測顯然錯了。看看四周的末日景象，艾德當時就在現場。可既然如此，他是怎麼逃過一劫的？

這個疑問，很可能會在這次的幻境中獲得答案。

於是布倫特不再遲疑：「先找到艾德再說！」

混亂中要找到人並不容易，幸好身爲幻境主人的艾德就在不遠處。看到那抹熟悉的身影，再想到艾德已經離世的事實，幾人心裡都很不是滋味。

艾德的幻影讓他們感到很難過，可又忍不住貪婪地想要多看幾眼，把對方的身姿深深烙印在腦海裡。

幻境中的艾德被一隊士兵保護著，正在與其他祭司一起爲受傷的民眾治療。他看起來很狼狽，原本純白的祭司服上帶有血污，臉色也非常蒼白，一副隨時會暈倒的模樣。

不過艾德顯然被保護得很好，身上的血跡並不是他的，而是從其他地方沾染上去。

「安德烈？」很快地，布倫特認出帶領士兵斬殺魔族的人，正是他的好友、也是艾德的兄長，安德烈。

雖然安德烈貴爲人類帝國的皇帝，但他不是個需躲到別人背後的存在，而是可以挺身保護人民的強者。在安德烈的帶領下，士兵們把光明神殿外圍的魔族打得節節敗退。祭司們在神殿外圍築起防護的光幕，並爲逃避進神殿的傷者療傷。

大批民眾擁入光明神殿，也幸好神殿足夠寬廣，外圍還有一片進行禱告儀式的大廣場，不然也容納不了這麼多人。

一片混亂中，只見大祭司在祭司們的簇擁下走到艾德面前，道：「艾德，跟我過來。」

艾德沒有多問，把正在治療的傷患交給其他祭司接手後，立即尾隨大祭司進入神殿。

大祭司帶著艾德來到主神殿，走到代表著光明神的八芒星雕像下。不待艾德詢問，便見安德烈帶著一身從戰場歸來的殺意與血腥快步而來。

安德烈對不明所以的艾德微一頷首，卻沒有向弟弟解釋的打算，逕自詢問大祭司，道：「已經準備好了？」

大祭司點了點頭，隨即看向身旁一臉茫然的學生，道：「艾德，已經確定了邪教的教主是艾尼賽斯。他這些年潛伏在帝國中，甚至還當上了官員，利用職務之便壯大邪教。現在顯然已到他計畫成熟的時候，邪教打開了連接深淵的空間裂縫，還用法陣困住帝國所有人，我懷疑他們想獻祭人類來召喚闇黑之神。」

艾德與邪教多次交手，對這個教派的信仰有所了解。傳說闇黑之神被封印在一個獨立的空間，那裡除了滿滿死氣，還有從黑暗中誕生的眷屬——魔族。

如果眞的讓深淵降臨，那麼對魔法大陸來說絕對是滅頂之災。

大祭司解釋：「邪教圍繞帝國設立了結界，結界裡的所有人都被闇黑之神標記。不僅嚴重削弱光明力量，也令我們不能離開結界的範圍。這種情況下，我們無法往外面尋求救援。只要邪教完成儀式，我們這些祭品立即會死，血肉鋪成闇黑之神前往這個世界的道路。」

艾德焦慮地詢問：「能夠打斷他們的召喚嗎？」

雖然有不少魔族闖入，可既然作爲祭品的他們現在還活著，也就是說召喚還未完成，他們還有機會！

「無法打斷，但我們可以鑽漏洞。」大祭司也沒有賣關子，直接提出可行的操作：「我們只要隱藏起來，沒有足夠的祭品打開通道，闇黑之神便無法眞正降臨。」

艾德愣了愣：「藏起來？這麼多人藏到哪裡去？」

大祭司道：「現在人們都往神殿躲，這裡充滿光明力量，是魔族唯一未能沾染的區域。邪教的咒術總有一個期限，只要把所有進入光明神殿的人民隱藏起來，待咒術的力量隨時間消耗，我們便不再是祭品了。」

「等等！把神殿裡面的人民隱藏起來，那來不及逃進來的人呢？」

大祭司沒有說話，一旁的安德烈冷酷說道：「我們必須在咒術發動之前下決定，這已是目前唯一可行的方法。艾德，你要明白很多事情沒有完美的選項。我們再拚盡全力去救更多的人，也總有顧及不到的地方。」

艾德雖然爲那些無法及時躲至神殿的人民感到難過，卻不會因爲無用的同情而白白錯過眾人獲救的機會。幸好光明神殿遍布每一座城鎮，至少能夠增加各地人民獲救的機會……

「我們該怎麼做？」艾德詢問。

大祭司道：「我們可以以光明神殿爲媒介，創造一個像深淵那樣的獨立空間。這麼做需要很強大的力量，雖然每一座神殿都蘊含充沛的光明之力，可還略有不足……我們須要啓動聖物。」

艾德聞言，立即明白爲什麼他們特意找自己商量了。

因爲聖物就在他的體內。

艾德的母后在懷孕時使用聖物後力竭而死，聖物也隨之失去了蹤影。很多人以爲聖物已經遺失，甚至有傳言它已在對抗魔族時損毀。

可其實當年聖物因使用者力竭而失去控制，陰錯陽差地與還是胎兒的艾德融合了。

艾德的靈魂從胎兒時期便受到聖物力量影響，然而孩童弱小的身體無法容納過於強大的靈魂，這也是艾德從小身體便特別虛弱的緣故。

這些年來，安德烈與大祭司用了很多方法想把聖物分離出來，可惜都以失敗告終，艾德只能一直忍受著病痛的折磨。

誰也不知道啓動聖物會對艾德造成什麼影響，可是聽到大祭司提出這個方法，艾德卻一口應允了下來。

身爲皇室成員，保護人民是他的職責。身爲祭司，除魔救人是他的天職。艾德不認爲自己有任何退縮的理由。

冒險者們看著臉色蒼白、說話間還忍不住小聲咳嗽的艾德，全都沉默了。

這人永遠都是這樣。看起來很弱小，但總是努力想要守護身邊的人。

他們看著神殿的祭司以大祭司爲首，進行了一連串儀式，並成功啓動了艾德體內的聖物。

聖物啓動的瞬間，強大的力量覆蓋整座光明神殿，並消滅了四周的魔族與死氣。在魔法的引導下，這股力量迅速傳遞到全國的神殿。

艾德作爲力量的中心，是第一個陷入沉睡且隱藏至魔法開闢出來的異空間的人。然而他的身影全被光芒包圍之際，四周彷彿響起了玻璃破碎的聲音。幾道由金光組成的碎片飄散到空中，與聖物的力量融合後，被魔法傳輸到了其他神殿。

安德烈伸手遮掩過於刺目的光芒，緊張地詢問：「那是什麼!?」

大祭司安撫道：「那是艾德靈魂的碎片，聖物的力量終究對他產生了影響，只怕他醒來以後，記憶會因此缺失一部分。不過艾德的靈魂長年受到聖物滋養，本就比常人強得多，這對他來說應該問題不大。我會在祈禱石碑上留下魔法指引，讓艾德把缺失的靈魂碎片找回去。」

安德烈聞言，嘆了口氣，道：「其實他失憶的話也挺好的。有了緩衝時間，找不到我時便不會這麼生氣了。」

大祭司挑了挑眉，道：「如果你怕艾德生氣的話，乖乖留下來不就好了嗎？」

然而安德烈卻搖頭道：「不了。雖然我也很想陪在艾德身邊照顧他，可身爲皇帝，總不能丟下國家就跑。成爲君主的瞬間，在獲得權力的同時，也肩負了守護國土的責任。我們力量有限，無法帶走所有人民。可我至少能夠留下來陪著他們，爲他們奮戰到最後一刻。」

大祭司嘆了口氣，知道安德烈心意已決，沒再出言挽留，而是保證：「放心把艾德交給我吧，我會一直陪伴著他。」

安德烈爽朗一笑，隨即便在魔法完成之前，帶著願意跟隨他的士兵離開了光明神殿。

看著那一張張年輕無畏的臉龐，冒險者們的心情不由得沉重起來。特別是安德烈至交好友的布倫特，他既敬佩好友到最後仍沒有忘記皇者的職責，選擇留下來與國家共存亡，也悔恨自己沒有好好保護艾德，甚至還間接造成他的死亡，實在愧對與安德烈的友誼。

「不對。」貝琳突然說道。

埃蒙奇怪地詢問：「怎麼了？有什麼事情不妥嗎？」

貝琳提出：「這幻境應該是艾德失去的記憶……正確來說，是因爲靈魂出現破碎，而影響了記憶對吧？」

埃蒙點了點頭：「對啊！我想起在之前的其中一段回憶裡，也就是艾德發現邪教徽章的那次，安德烈便有告誡過他別因爲對徽章有模糊的印象，爲了尋找眞相而使用針對記憶的魔法。好像有提到記憶與靈魂會互相影響之類的事……」

貝琳續道：「那麼，爲什麼幻境中的艾德已經陷入沉睡，卻繼續展現大祭司與安德烈的對話？艾德理應不知道安德烈的決定，甚至還以爲兄長與他一樣躲進了異空間不是嗎？」

貝琳的話就像一道驚雷，讓眾人悚然心驚。

丹尼爾腦海中閃過一直以來在幻境看到的影像，有像現在這種旁觀者的角度，卻也有直接以艾德視角呈現的幻象。

之前他們沒有在意，畢竟視角怎樣轉變，都是在說艾德過往的故事。可現在想想卻不禁懷疑，既然都是艾德靈魂碎片引出的幻境，爲什麼會有如此不同的分別？

想到這裡，丹尼爾脫口道出心中想法：「幻境是來自兩個不同人的記憶！」

有一個不知道是誰的人，他的靈魂或者力量……總而言之，那人的一部分與艾德的靈魂碎片在一起，所以才會呈現兩種不同視角的幻境。

就在眾人討論這短短幾句話的時間，大祭司送別了安德烈一行人，濃郁的魔法元素形成刺眼的光芒，漸漸把光明神殿裡的人吞沒。

冒險者們知道，這些留在神殿的人會跟艾德一樣，在魔法開闢出來的空間沉睡，直至邪教咒術消去，待他們擺脫祭品的身分後便會甦醒過來。

也就是說，人類沒有滅亡！

至於爲什麼是艾德率先醒來，也許因爲他與聖物的連繫最深，又或者是因爲魔法出現了什麼差錯……但無論如何，這可以說是他們從這個幻境中，了解到的最好的消息了。

07.
路加的身分

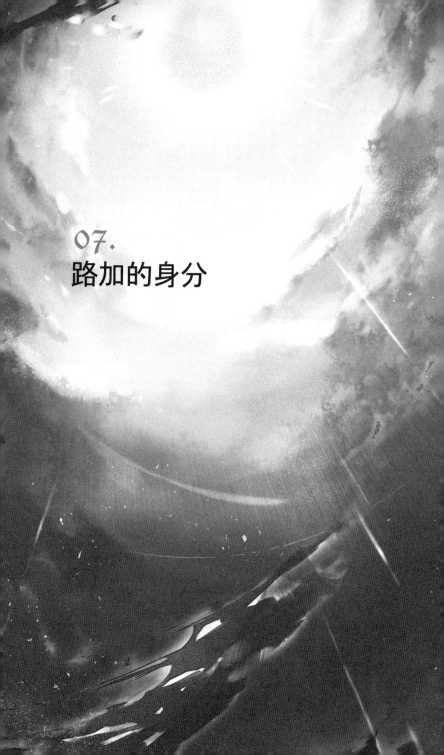

就在光明神殿將被魔法完全包圍之際，冒險者們驚訝地發現幻象中的大祭司正凝望著他們！

一直以來，他們都無法觸碰幻境中的人物，更別說交流了。可現在卻被人直直地凝視著，眾人都被對方嚇了一跳。

隨即他們聽見大祭司說道：「去找他吧！」

找他？誰？

不待冒險者們詢問，大祭司已瞬間化爲點點金光。

是的，他不像其他人一樣被魔法傳送到別的地方，而是化爲了光芒。金色光點飛散開來，大部分與其他人一起被魔法傳送離開，卻有少部分飄落到石碑上。

眾人看到這幕都愣了愣，隨即一個大膽的想法不約而同地浮現——他們現在看到的幻境是由石碑產生，而大祭司幻化的金光融合到了石碑裡，所以會不會除了艾德以外，他們看的是大祭司的記憶？

可是不對啊！我們看到的幻境，很多時候大祭司根本不在場，而且有些還是在房間之類私人住所發生，對方總不會時刻待在艾德身邊吧？

大祭司他……她……

咦？

突然想不起那人到底是男是女了……

埃蒙不確定地詢問：「你們還有誰記得……大祭司長什麼樣子嗎？」

沉默片刻，丹尼爾道：「別說長相了，他是男是女、是老是少我都不記得了。」

現在回想起來，從他們在幻象中見到大祭司起，竟然都沒有在意過這人的容貌。彷彿他們已默認了有個叫「大祭司」的故事角色，可是仔細回憶後，卻只有一道模糊身影。

這個「大祭司」到底是誰？他化成了光，眞的是人嗎……

等等！

化成了「光」？

丹尼爾靈光一閃：「我知道有一個存在一直陪伴在艾德身邊，即使已經歷了漫長的時光，祂還在，就像大祭司的允諾那般，對艾德不離不棄。」

貝琳與埃蒙面面相覷，心裡感到奇怪。

甦醒過來的人類不就只有艾德而已？丹尼爾到底在說誰？一直陪伴在艾德身邊……總不會是雪糰吧？

相較於獸族姊弟的茫然，同樣是長壽種族、對於人類的歷史有更多了解的布倫特，也若有所思地說道：「記得早在光明神出現以前，人類所信奉的第一個神明『眞神』，便曾以大祭司的身分出現在人間。現在看來，神明似乎都特別喜歡『大祭司』這個身分呢！」

布倫特這番話暗示得太明顯，若獸族姊弟還想不到就太遲鈍了。

埃蒙結結巴巴地說道：「所、所以……大祭司就是光明神的化身？」

貝琳想了想，也覺得這個猜測挺有可能，忍不住感嘆：「如果祂一直待在艾德的身邊直至現在，只能說艾德不愧是光明神最寵愛的信徒。」

因爲結識了艾德，令她對人類的宗教產生興趣，貝琳對於人類信仰的神明也有些了解。她知道神明是由信仰而生，祂們不受空間約束，不死不滅，直至信仰枯竭才會消散。

當年人類出現這麼大的危機，對光明神而言最有利的做法，其實是趁還有力量的時候離開，到其他世界尋找新的信徒，重新發展。而不是冒著消散的風險，與那些苟延殘喘的信徒一起繼續待在魔法大陸。

此刻魔法發動的光芒已完全淹沒神殿，冒險者們甚至看不清同伴的身影了。他們都認爲這次的幻境應該到此爲止，這些光芒消失後，大概就會回到現實中的那座廢墟裡吧？

結果事情卻超乎他們預料，魔法效果結束後，他們竟然發現自己正渾身不舒服地坐在床上，身邊沒有同伴的身影，只有幾個神色慌張的女僕。

身體不舒服的說法說得算輕了，此刻病痛折磨的程度讓他們有種生不如死的感覺。他們全身無力，頭與喉嚨傳來陣陣劇痛，還有耳鳴、發冷等一串症狀。甚至每吸一口氣，都覺得氣管像是刀割般火辣辣地痛。想詢問身旁的女僕現在是什麼情況，一開口竟咳出血來！

冒險者們經常鍛鍊，別說生病了，身體還比一般人強壯。他們很少感受到這種孱弱與無力感，因爲病重而無法控制身體，讓他們非常不安。

生病所造成的痛苦讓他們陌生又難以忍受，不同於受傷的痛楚，這種痛是伴隨著死亡氣息的，且並不侷限在傷口上，如同骨子裡透出的劇痛。

他們充分體認到自己是一個油盡燈枯的人，彷彿呼出這一口氣後便會死去，隨時可能死亡的感覺實在令人恐懼。

冒險者們看著自己咳嗽時摀住嘴巴的手，這是一個非常年幼的身體，他們對目前面臨的狀況立即有了猜想。

不久前他們才猜測幻境來自兩個不同的人，現在這種第一視角的幻境，大概才是屬於艾德的記憶吧？

所以艾德他……一直忍受這麼痛苦的折磨嗎？

誰都知道生病會很不舒服，然而人往往在生病時才感受到健康的珍貴，也不是誰都可以對病重瀕死的難受感同身受。

這些想法才剛浮現，下一秒房門便被人粗暴打開，少年時期的安德烈一臉焦急地衝了進來。此時的他哪有半分身爲皇帝該有的儀態？安德烈對著冒險者所在的方向急道：「艾德，你現在怎樣了？」

冒險者：好吧！證實了我們現在「附身」在艾德身上了。

年幼的艾德忍著痛，氣若游絲地道：「皇兄……我剛才死掉了……」

安德烈眼中浮現深深的悲痛，但他很快地隱藏起這種激烈的情緒，用哄孩子的語氣溫柔說道：「艾德，剛剛你只是昏迷而已，現在不是好端端地在這裡嗎？」

然而隨著年齡增長，艾德已不像從前那樣，會被安德烈輕易糊弄過去：「哥，我已經長大了，我知道死亡是怎麼一回事，我可以肯定我剛是眞的死了，可是……」

明明還是個小孩，卻強調自己已經長大，小艾德這副倔強的模樣實在很可愛，可面對孩子那急欲知道眞相的目光，安德烈實在笑不出來。

最後在艾德的堅持下，安德烈還是妥協了。他想著弟弟現在已經懂事，也是時候該讓他知道自己的狀況，便嘆口氣，道：「是的，你沒錯，剛剛你確實已死，只是又活過來罷了。」

雖然早已猜到答案，只是死而復活的眞相實在讓他有些難以接受。艾德沉默良久，又問：「所以……我是人類嗎？」

安德烈哭笑不得地說道：「你當然是人類。艾德你應該也有感覺到，每次復活後，身體的狀況都會變得好一些，對吧？」

艾德點了點頭。的確如安德烈所說，小時候他的身體狀況更糟糕，可每次病重「昏迷」醒來後，身體都會變得好一些。

安德烈解釋：「你的身體是因爲受不了聖物力量才經常生病，這股力量在破壞你身體的同時，卻又會修復它。每一次被聖物力量修復，你的身體便會健康幾分。我們猜測等你漸漸長大，身體成長至能夠容納聖物後，便能夠運用它的力量，也可以將它從你的身體分離。」

然而艾德卻搖頭，雙目亮晶晶地高興說道：「那我多死幾次就可以啦！」

雖然死亡很痛苦，可是與長久忍受病痛活下去相比，艾德認爲長痛不如短痛。

「不可以！」安德烈嚴厲地喝止艾德。

「爲什麼？」艾德不忿地反問，他覺得自己的想法很好啊！

安德烈自覺剛剛的反應有些太大，緩和了下語氣解釋：「我們不能確定是不是每一次你都能夠成功復活，要是復活失敗呢？你有想過這個可能嗎？」

艾德還眞沒有想過，得知自己可以復活、加上從兄長口中了解到自己的身體狀況後，他立即便想要走捷徑。

至於更複雜的事情，年紀尚幼的艾德完全沒有細想。

面對滿臉失望的艾德，安德烈語重心長地說道：「艾德，即使你能夠復活，也千萬不要忘記生命的重量。輕易赴死會讓人對死亡變得麻木，也會忽視生命的珍貴。」

但艾德年紀太小了，根本無法理解安德烈這番話的意思。見弟弟似懂非懂、一臉茫然的可愛模樣，安德烈忍不住揉了揉他的頭髮，眉眼帶笑地道：「現在聽不懂也沒關係，只是艾德，你能答應我無論任何時候都努力活著，別因爲體質關係而輕易赴死嗎？」

艾德很喜歡安德烈的親暱舉止，他主動蹭了蹭對方的手，勉爲其難地允諾：

「好吧。」

死亡很可怕，可是長期病重的感覺更討厭。只是這既然是安德烈如此懇切的請求，那艾德只好忍下那顆蠢蠢欲動的赴死之心，點頭應允下來。

他終歸捨不得讓安德烈傷心。

雖然死而復生讓艾德的身體變好了些，可依然很虛弱，與安德烈聊不了幾句話，便體力不支地睡了過去。

因爲小艾德的昏睡，四周陷入一片黑暗。剛剛獲得的資訊量太大，冒險者們被衝擊得心神恍惚，即使已回到現實世界，一時之間仍恢復不過來。

「你們在發什麼呆？既然回來了，就快來幫忙！」傑瑞德的呼喊喚醒了他們，幾人這才發現魔族快要攻入光明神殿了。

埃蒙被魔族的數量嚇了一跳：「怎麼這麼多!?」

傑瑞德道：「自從你們啓動石碑的力量後，那些魔族便好像瘋了一般衝過來，我們很艱難地才暫時阻止它們的攻勢。要是你們再不出來，只怕我就要強行打斷石碑的魔法，讓你們出來了！」

說話間，魔族終於突破小隊的防禦闖了過來，冒險者見狀立即加入戰鬥。

貝琳一刀把迎面撲來的小型魔族一分爲二，邊問：「可即使原本潛伏在封印之地的魔族全數過來，數量也太多了吧？深淵那邊有異樣嗎？」

傑瑞德搖了搖頭：「不清楚，龍族小隊在深淵那邊，卻沒有過來與我們會合。我聯絡了城鎮尋求支援，可精靈女王沒有回覆我的請求。」

冒險者們聞言，心裡都咯噔了下。情況有些不對啊……難道不只深淵，連城鎮都出現突發狀況嗎？

布倫特建議：「這裡離深淵不遠，我們先過去與龍王會合吧？」

身爲獸族小隊與精靈小隊的首領，巴里特與傑瑞德對望一眼後，都覺得這是個好建議，便讓部下們收小隊型，往深淵趕去。

就在布倫特要跟上去之際，丹尼爾卻攔住了他：「布倫特，你要去哪？」

布倫特皺起了眉，沒有說話。

獸族姊弟也來到布倫特身邊，貝琳道：「如果幻境呈現的內容是眞的，那麼艾德他……他很可能沒有眞正死去。」

埃蒙詢問：「布倫特，你與艾德簽訂了主僕契約，你能夠感應到他嗎？」

布倫特沉默片刻後，點了點頭。

簽訂契約時，布倫特完全感應不到艾德的生命氣息，往後便沒有再主動感應對方了。

從幻境出來後，布倫特第一時間便嘗試感應艾德的存在，結果竟眞的成功！

艾德沒有死！不……他是死掉了，卻因爲聖物的力量而復活！

可艾德復活後並沒有聯絡他們，布倫特想到自己對艾德的背叛，這也許便是原因了。

艾德是故意躲著他們的。

不過想想也對，如果自己被信任的同伴出賣，還被同伴的親人背刺，最終付出血淋淋的生命代價，大概會再也不想看到對方吧？

因此心生怨恨，甚至想要報仇，也是能夠理解的，艾德現在只是選擇遠離他們，已經是很溫和的做法了。

這麼一想，布倫特便斬斷了去找對方的心思。

然而丹尼爾卻生氣地伸手抓住布倫特的衣領，怒吼：「你要逃避到什麼時候!?現在立即去找艾德，無論是下跪也好，讓對方捅一刀出氣也罷，總而言之，給我把人帶回來！」

布倫特猶豫不決：「也許他不想看到我……我們或許不該去打擾他……」

「你不去找他，又怎麼知道呢？」貝琳反問。

埃蒙則爲布倫特打氣：「加油！我們就在深淵等你與艾德回來！」

在同伴的鼓勵下，布倫特終於下定決心。

只見神殿廢墟的上空出現一頭火龍，留下一句「我會盡快回來」後，便拍動翅膀離去。

◆◇◆

另一頭，阿諾德三人自從下船後，行程開始有了很大的延誤。

因爲愈接近邊境，魔族引發的各種事件就愈多。

他們的運氣不太好，靠岸後便碰上遭暗黑藥劑影響的村落。好不容易治好村民再出發，卻又途經一座被魔族襲擊的小鎮！

這次情況更加嚴峻，那魔族看起來就像一個披著斗篷的怪物，它會化成一群蒼蠅似的飛蟲，被飛蟲叮咬到的人會變成受它控制的傀儡。

他們到小鎮時已有許多人受害。三人皆不是獨善其身的性格，遇見這種事情忍不住留下來幫忙，結果便與爲數不多的居民一起困在這裡了。

魔族每次受到攻擊就變成飛蟲四散躲避，物理攻擊對它根本無效。三人只得護住居民躲到附近的建築物。

諾亞放出藤蔓，小巧精緻的藤蔓形成一個籠罩建築物的網。路加往藤蔓注入光明元素，很快便成了泛著金光的防護網。

這個防護網成功將魔族擋在外面，即使它化成無數飛蟲想從網格中穿進去，也會被閃現的聖光消滅。

有了這道防護網，三人總算可以稍作整頓，並討論接下來的對策。

「諾亞，你還可以編出一張藤網嗎？」路加邊詢問，邊從窗戶往外觀察魔族的動向。看到那些飛蟲被藤網消滅後，想出一個方法。

見諾亞頷首，路加隨即提出他的建議：「我們再做一張聖光藤網，等待魔族變成飛蟲的瞬間，將它們一網打盡。」

據路加觀察，飛蟲實力很弱，能夠輕易被聖光消滅。因此這個建議有一定的可行性，難卻難在能否在飛蟲四散前把它們全部網起。

他們只有一次的機會，若一擊不中，先不說還有沒有餘力再製造一張藤網，魔族也會對他們的招數有所防備。

阿諾德走到路加身後，也想看看窗外的情況，卻發現路加瞬間出現過激反應，猛地想要站起身防禦。對方突如其來的動作讓阿諾德閃避不及，下巴直接被對方頭頂狠狠撞了一下。

即使是皮粗肉厚的熊族，毫無防備地被撞也會很痛，阿諾德摀住下巴充滿控訴地盯著路加看。

路加被阿諾德看得心虛，想到自己剛剛撞人的力道真的不小，立即道歉：「抱歉，我剛剛在想事情，被你嚇了一跳。」

「我才被你嚇一跳呢！」阿諾德邊揉著下巴邊小聲抱怨。

說罷，他又問：「你的建議不錯，可是負責撒網的人是誰？」

阿諾德疑問一出，諾亞與路加很有默契地指向了他。

路加道：「當然是你。」

諾亞道：「你的臂力是我們三人中最好的。」

阿諾德頓覺壓力山大，不過他也知道同伴們的決定是正確的。他抓了抓頭髮，認命地接受這個艱鉅的任務，並向路加提出：「好吧。可是一會出去的時候，你要不要把斗篷脫下？」

路加問：「爲什麼？」

阿諾德道：「因爲你和那個魔族的外形太像了，怎麼看都像是一伙的，我怕把你們弄錯。」

路加：「……」

講道理，即使我們外表再像，也不可能把一個冒死氣、一個冒聖光的搞錯吧？

阿諾德沉默半晌，把他這段時間一直壓在心底的「名字」說了出來：「你不願意讓人知道你是誰嗎？艾德？」

即使有斗篷遮掩，也能看出路加明顯愣了愣，他問：「艾德是誰？怎麼突然提起這個人？」

阿諾德卻不理會路加的否認：「別裝了，你就是艾德對吧？雖然不知爲何你的身體復元了，可是雪糰認得你，你還能使用光明力量！還有，你害怕被人從背後接近，是因爲曾經遭人在背後偷襲，對吧？」

路加反駁：「我只是與雪糰特別投緣而已，身負光明力量的人雖然稀有，卻不是獨一無二，像黃金龍不就天生是光明屬性嗎？至於害怕被人從背後接近……我只是突然被你嚇一跳而已啊！最重要的是，你口中的『艾德』是個病人吧？可我的身體很健康啊！」

然而阿諾德依舊毫不動搖地說道：「你說的我也曾懷疑過，雖然你變了很多，可仍能讓我有熟悉的感覺。無論如何，有些東西是不會變的，即使很不可思議，可我還是覺得你就是艾德，這是獸族的野性直覺！」

「我就說不是了……」聽到最後，路加感到哭笑不得，野性直覺也可以成爲理由了嗎？

阿諾德卻打斷路加的否認，道：「既然如此，你可以脫下斗篷讓我看看你的容貌嗎？我知道這很強人所難，你既然戴著斗篷就是有意遮掩。如果我真的猜錯了，我立即向你認錯！拜託，這件事對我真的很重要！」

看阿諾德如此懇求，路加嘆了口氣，脫下了斗篷。

失去斗篷與魔法的遮掩，淡金色的頭髮，秀氣的臉龐，以及美麗的紫藍色眼眸頓時展露出來，不是艾德又是誰？

雖然阿諾德早有猜測，但看到路加的真實身分真的是艾德後，還是感到很震驚，隨之而來的，是狂喜：「艾德！真的是你！」

說罷，不待艾德反應，阿諾德便給予他一個大大的擁抱。

諾亞顯然早已知道艾德的身分，見到斗篷下的臉後完全沒有表現出驚訝。

看著阿諾德過於熱情的熊抱，還把艾德勒得連連求饒，諾亞忍不住勾起了嘴角，欣慰地笑了。

08.
會合

「艾德，爲什麼你要用斗篷隱藏自己？是不想再見布倫特他們嗎？你可以跟我說啊！沒必要連我也隱瞞……話說諾亞早就知道你的身分對吧？你們竟然一起瞞著我！」阿諾德激動地說道。

面對阿諾德連珠炮般的問題，艾德無奈地拍著對方的手臂讓他放手，不排除對方若繼續熊抱下去，他可以再復活一次：「放、放開我！」

阿諾德連忙鬆手，不好意思地打哈哈道：「哎呀！我太高興了，你沒事吧？哈哈哈！」

諾亞與艾德一臉無奈，不過經此一鬧，氣氛倒是輕鬆不少。

這時外頭的魔族又再找了一個位置嘗試突破，雖然一時三刻闖不進來，然而也把躲在建築物裡的居民嚇得不行，驚呼聲此起彼落。

艾德皺了皺眉，道：「現在不是說這些的時候，先解決那魔族，到時候我們再談吧！」

阿諾德道：「你可別敷衍我啊！」

艾德無奈一笑：「你都認出我，我哪敢敷衍了事？放心，到時候我一定會向你好好解釋清楚。」

有了艾德的保證，阿諾德便先把這事情放下，專注於接下來的戰鬥。

三人互相配合，他們的計畫是由艾德用聖光把魔族逼到理想位置，然後諾亞以箭射傷它，趁著魔族因傷變成飛蟲時，再由阿諾德用藤網抓住。

可惜計畫趕不上變化，就在三人準備出手之際，突然出現的陰影讓他們停下了動作，抬頭往天空看去。

那是一道足以遮擋太陽的巨大身形，紅色的鱗片在陽光下彷彿燃燒的火焰，竟是一頭紅色巨龍！

相較於艾德幾人，這頭突然出現的火龍在魔族眼中顯然更具威脅，只見它瞬間變成無數飛蟲，全往火龍洶湧而去！

大量飛蟲看起來就像一團黑色烏雲，火龍見狀向它們噴出龍炎，輕易便把大部分飛蟲滅了。

然而這個魔族真的非常難纏。每每遇上致命危險便會化成無數蟲子四散而飛。哪怕只有一隻在攻擊中存活下來，不出兩秒就會再次恢復，難以殺死。

如同此刻，雖然龍炎把大部分飛蟲滅掉，可是它們的數量很快又恢復了，「迷你烏雲」轉眼又成了「大烏雲」。

魔族沒感情，不畏懼死亡，這個魔族當然也一樣。飛蟲悍不畏死地撲向火龍，雖然龍鱗有很好的防禦力，然而龍族的眼睛、逆鱗之間的縫隙等，都是弱點。

飛蟲不久便察覺到這些能有效攻擊的部位，不斷衝著火龍的弱點噬咬。這狀況暫時要不了火龍的命，卻讓他痛苦不堪。

要是真的讓飛蟲找到機會鑽進體內，那絕對是非常危險的事。可以說，細小與有毒的東西都是龍族的剋星，這魔族卻兩樣都佔了。

阿諾德被這場突如其來的戰鬥驚呆了，雖然不知道這頭火龍是誰，但看起來絕對是友軍。見對方被飛蟲糾纏著無法擺脫，他焦急地道：「我們必須要做點什麼！」

諾亞張開了手，大量藤蔓從他掌中延伸而出，很快地，一張精緻得像藝術品的藤網便編織而成：「到天台。」

阿諾德接過藤網，雖然天台距離太遠，不過他對白色使者有無條件的信任，拿著藤網就要往樓梯跑去。

「等等！」艾德追上去，邊往藤網輸送聖光，邊道：「我跟你一起！」

二人跑上了天台，看著在天空瘋狂扭動著想要甩開飛蟲的火龍，阿諾德無奈地說道：「距離太遠了。」

艾德看著上空那狼狽的火龍，一種特殊的感應從心裡浮現。他隱隱有種感覺，這頭火龍是布倫特，而且自己還可以控制對方的一切……

艾德被自己的想法嚇了一跳，先不說火龍的外貌在他看來都差不多，怎會覺得對方是布倫特，光是他覺得可以操縱對方，這想法便有些過分了。

……該不會自己對布倫特的背叛太生氣，都氣得變態了吧？

空中傳來一陣帶著痛意的龍吟，顯然飛蟲的啃咬已對火龍造成傷害。艾德心裡焦急，不加思索地高呼：「布倫特，過來這裡！」

明明這麼遠的距離，對方不可能聽得見艾德的叫喊，只是那種神奇的連繫，讓火龍彷彿艾德的傀儡，艾德一聲令下，他便立即飛了過去！

這頭火龍確實是前來接人的布倫特，此時他正受到主僕契約的牽引，依照命令往主人方向飛去。天台的空間不足以容納火龍，他降落時便化成了人形，卻迎面被阿諾頓甩來一張藤網。

布倫特下意識想閃避，艾德立即制止：「別躲！」

這句話顯然也被契約視爲主人的命令，布倫特身體一僵，順利被藤網網住。

他們選擇的時機剛剛好，充滿光明與生命氣息的藤網對魔族有著很大的殺傷力，依附在布倫特身上的飛蟲全都像火燒般立即化爲灰燼。

整個過程布倫特都沒有動作，即使飛蟲全都被消滅了，他也沒有掙脫藤網的束縛，而是在藤網中直直凝望著艾德。

阿諾德這時才反應過來，因爲之前與他對話時，艾德已脫下斗篷，也難怪布倫特會這麼看著對方了，任誰看到本以爲死掉的人又活生生地站在面前，一定很震驚吧？

見布倫特還傻傻地被藤網罩著，阿諾德本想提醒對方可以把網移開了，但布倫特與艾德之間瀰漫著緊張氣氛，他不僅沒有作聲，更退後幾步以降低自己的存在感。

雖然早有猜測，但確認艾德真的復活了，布倫特還是感到非常驚喜。

龍族沒有信仰，可此刻布倫特很想感謝命運、上天、光明神……無論什麼的存在，感謝艾德仍然活著，讓他至少擁有補償對方的機會。

艾德原本打算無視布倫特的，但實在被對方看得很不自在，忍不住質問：「你還要呆坐到什麼時候？還有……別盯著我看！」

布倫特把罩著自己的藤網拉起，道：「好的，主人。」

阿諾德：「？」

艾德疑惑道：「……你剛剛叫我什麼？」

布倫特用理所當然的語氣說道：「主人啊。你死亡後，我與你訂立了主僕契約，所以你現在擁有一頭龍了，高興嗎？」

艾德：「……」

槽點太多了，一時之間不知道該說什麼才好。

爲什麼你要莫名其妙地與一個死人簽訂主僕契約啊？

還有主人什麼的……這麼羞恥的字詞你怎麼說得如此順口!?

布倫特的神操作讓艾德非常混亂，原本因背叛的怨懟與不滿，在這個讓人不知該怎麼吐槽的主僕契約面前都變得不重要了。

艾德生氣地說道：「這是什麼強買強賣？快點解除這個契約！」

布倫特可憐兮兮地詢問：「主人，你不要我了嗎？」

明明是頭凶悍的火龍，人形也是個身強體壯的男子，可布倫特在艾德面前一點氣勢也沒有，就像隻被主人責罵而陷入低落的大型犬。

艾德因「主人」這個肉麻的稱呼起了一身雞皮疙瘩，像炸毛的貓般高呼：「不許喊我『主人』！」

布倫特失落地說道：「好吧……」

旁觀的阿諾德：「……」

你爲什麼要失落啊？難道你很喜歡喊艾德「主人」嗎？

這是什麼可怕的怪癖!?

獲得理想的答覆，艾德滿意地點點頭，倒是忘記了之前要對方解除契約一事。

見艾德表情稍微和緩，布倫特懇求道：「不久前我們解開了神殿石碑的封印，釋放出屬於你的記憶，你應該也知道了吧？艾德，我們需要你，你的人民也需要你。」

的確如布倫特所說，在艾德掩護居民進入建築物時，便因缺失的靈魂碎片回歸而恢復了記憶。他想起自己並不是唯一的人類，還有不少同胞身處獨立空間裡，等著他把他們釋放出來。

即使只是爲了這些等待著甦醒的人，艾德也不能容許魔族霸佔魔法大陸。更何況他與魔族還有著滅國之仇、殺親之恨！

艾德沉默片刻，道：「帶我過去吧。」

他沒有再說讓布倫特解除主僕契約的話，艾德是真的死了一次，即使布倫特對他沒有壞心，可是這事情是布倫特引起的卻是不爭的事實，艾德無法像以前那樣信任對方。

既然他們還須要並肩作戰，那留著這契約也挺好的。

艾德不會以此奴役對方，可他卻需要這道契約來保障自己。

阿諾德一直沒有說話，直至布倫特與艾德有了共識後，才道：「不是『我』，是『我們』。」

察覺天台的戰鬥已經結束，帶著雪糰上來與同伴會合的諾亞也道：「還有我。」

這一次，布倫特可謂超額完成了任務，不僅帶回了艾德，還有同樣已成了冒險小隊一員的雪糰，以及正在尋找戴利的阿諾德、白色使者諾亞。

布倫特變回龍形把眾人帶回去，飛行途中向阿諾德敘說他們碰上了戴利，並且將監視奧布里與戴利的工作交給了精靈女王。

如無意外，現在戴利應該已經被解救了。

阿諾德聞言雙目一亮，請求：「我想去找戴利！」

布倫特很好說話地表示沒問題，反正也是順路。於是在前往封印之地前，布倫特便先在邊境城鎮降落。

然而才剛接近城鎮，眾人發現這裡已經陷入了一片混亂。

人們互相攻擊，仔細一看，部分民眾雙目呆滯、渾身死氣，顯然已經失去理智，不斷往身旁活物攻擊，這狀況怎樣看怎樣熟悉。

「這……好像是被暗黑藥劑影響的效果。」艾德道。他們曾遇上因爲藥劑而幾乎滅絕的村莊，現在城鎮的情況與當時碰到的小村莊非常相似。

阿諾德難以置信地說道：「怎會這樣？」

諾亞提議：「先到軍營。」

各族首領若因戰事來到城鎮，一般都會在城鎮設立的軍營坐鎮，那裡總有知道發生什麼事的人。

然而沒多久，他們便看到路上被獸王壓制著的精靈女王，以及士兵們護著的兩個妖精。

「戴利！」想不到一直尋找的孩子，會在這種情況之下見面。阿諾德揮著手往地面大喊，只差沒有一個激動直接從龍背跳下來。

聽到阿諾德的呼喊，戴利雙目一亮，也向對方揮手：「阿諾德！」

布倫特降落在戴利身邊，阿諾德立即從龍背躍下，張開雙臂奔向迎面跑來的孩子。

可惜阿諾德卻抱了個寂寞，因爲戴利不是跑向他，而是與阿諾德擦身而過，跑到布倫特面前。

戴利舉起一個裝著藥劑的瓶子，向布倫特求助：「這是解藥，你可以幫我把解藥從天空灑落嗎？」

布倫特卻沒有立即答應，而是把詢問的目光投向獸王。畢竟暗黑藥劑就是眼前這個看似無害的孩子煉製出來的，城鎮現在的混亂，也不知道跟戴利有沒有關係。

此時獸王正好一個手刀成功擊暈精靈女王，只是女王的契約植物卻依然張牙舞爪地攻向他，甚至因爲主人失去意識而更加狂暴。

獸王雙手化成獸爪，把這些植物的枝葉抓斷，不過植物恢復力驚人，下一秒又長出了新的枝葉。於是獸王的爪子只能一刻不停地揮動，看起來倒有些像努力抓逗貓棒的貓。

百忙之中，他也不忘對布倫特道：「你照戴利的話去做吧！」

有了獸王作擔保，布倫特便不再遲疑，依照戴利的指示把解藥從高空灑落。

戴利果然沒有騙人，這眞的是解藥，而且藥效還非常好。隨著解藥四散，城鎮的動亂很快便平息了。

精靈女王悠悠轉醒，一臉茫然地張開雙眼，顯然一時之間搞不清楚發生什麼事。

危機解除，戴利也終於放鬆下來，高高興興地與阿諾德會合。

艾德探頭，對兩名王者道：「我們現在要去封印之地，我有可以封印深淵的方法。」

「艾德!?」之前因爲角度問題，所以二人沒看到坐在龍背上的艾德，此刻被他的出現嚇到！

獸王整個人驚呆了：「你沒有死？」

精靈女王雖然也感到很震驚，可是她更關心艾德口中的封印方法：「你的方法可靠嗎？」

感受著從深淵洶湧而出的死氣，顯然有人正在擴大連接兩個世界的狹縫。難道是光明神殿石碑所有封印都解除了，讓魔族那方察覺到危險所以急了嗎？艾德嘆了口氣，道：「沒時間解釋了，我希望你們能夠相信我，立即對深淵出兵。」

「艾德，你說什麼傻話呢？」獸王挑了挑眉，道：「我當然相信你啦！」

精靈女王也笑道：「我也是。雖然不知道你爲什麼能夠復活，不過……歡迎回來。」

✦✧✦

時間回到稍早以前，丹尼爾等人與獸族、精靈小隊一起往深淵趕去。

遠遠便看到深淵被一陣詭異的紫黑色光芒包圍，以龍王爲首的龍族部隊正噴出龍炎，擊殺那些源源不絕從深淵闖進來的魔族。

埃蒙震驚地說道：「天啊！怎會有這麼多魔族擁進來!?」

明明因爲當年獻祭失敗，連接兩個世界的通道不穩定，魔族入侵的速度一直不快。

即使空間狹縫因爲年月而逐漸變大，也不可能一下子擴大這麼多！

貝琳指了指在天空中飛翔的骨龍，猜測道：「是艾尼賽斯幹了什麼吧？」

這個一手創建邪教、差點成功獻祭所有人類的混蛋，顯然察覺到光明神殿傳來的威脅，打算速戰速決了。

丹尼爾道：「那些是啓動魔法的光芒，有人利用魔法擴大兩個世界間的通道。」

聽到丹尼爾的話，所有人都沉默了。

他們有預感，這一場將是最後的決戰。不是他們將魔族徹底驅逐，便是魔法大陸從此以後成爲死亡的國度。

但他們並不畏懼，面對敵人的入侵，唯有一戰罷了！

入侵的魔族太多，龍炎阻止不了所有魔族，眾人已搞不清楚一路上到底消滅掉多少敵人。

愈是接近深淵，壓力便愈大。密密麻麻的魔族令他們寸步難行。

龍王也看到冒險者等人的出現，他低飛到眾人上空，往他們面前噴出炙熱的龍炎，邊清空一片區域，邊道：「堅持住！城鎮的支援很快便到！」

「不會有支援了。」充滿幸災樂禍的聲音傳來，一行人抬頭看向飄浮在空中的身影。

看清楚那張臉以後，丹尼爾忍不住驚呼：「奧布里!?」

此時的奧布里依然是丹尼爾熟悉的容貌，可是給人的感覺卻變得不同了！

有別於以往總能讓人感到親切的氣息，現在的奧布里渾身上下透露著陰冷的死氣。他的皮膚與唇色是死亡的灰白，看起來就像一具會活動的屍體。

他還拿著一枝以骨頭製成的法杖，讓他看起來邪惡度倍增。

丹尼爾不知道自己眞相了，他眼前的奧布里正是會活動的屍體！

奧布里微笑道：「好久不見了，丹尼爾。」

明明是打招呼的話語，奧布里說來卻讓人感覺到滿滿的惡意。

埃蒙小聲道：「他的變化好大！」

貝琳若有所思地點了點頭。

丹尼爾冷笑道：「一段時間不見，想不到你還會飛了，恭喜你呀！」

嘴裡說著恭喜，可是看奧布里的模樣，怎麼看對方都付出了很大的代價。這句話與其說是在祝賀，倒不如說是嘲諷。

傑瑞德只覺得眼界大開，在他的印象中，奧布里非常和善親切，丹尼爾冷淡又粗魯，想不到兩人陰陽怪氣起來這麼厲害。

龍王沒有忘記奧布里出現時所說的話，他問：「你爲什麼說援軍不會來了？」

奧布里特意過來，便是向丹尼爾炫耀自己的傑作：「因爲城鎮那邊也自身難保，我將暗黑藥劑從高空灑落，連精靈女王都中招了，很快整個城鎮的人都會變成不死生物！」

眾人覺得難以置信，畢竟精靈女王的戰力遠遠超過奧布里，不過隨即想到對方總有層出不窮的陰險招數，又不那麼肯定了。

……精靈女王不會眞的被陰到了吧？

奧布里被眾人難看的神色取悅，他高舉手中的魔杖，隨著他的召喚，死氣對屍體的侵蝕更加嚴重，戰場上死亡的人們頓時成了屬於魔族一方的不死軍團！

死去的同伴變成敵人，實在是一件令人難以接受的事。這些死者都是陪同冒險者闖入封印之地的獸族與精靈族，明明不久前還是一起戰鬥的戰友，可現在卻要對他們刀劍相向。

但現在不是優柔寡斷的時候，他們心裡明白這些同伴已經死去。如果換成是他們的屍體被敵人控制，一定也不希望成爲傷害同伴的凶手。

因此眾人唯一可做的，便是毀滅這些不死者，讓他們回歸永恆的安寧。

奧布里素來以他人的痛苦爲樂，看到眾人與他所操控的屍體互相攻擊，像看到一齣喜劇般哈哈大笑。

不過他的笑聲很快便停了，不知何處「嗖」地射來了一枝箭，正中奧布里的額頭！

這一箭是丹尼爾射出的，他看著奧布里的眼神銳利且充滿著殺氣。平常人們最害怕他這副模樣，都說這樣的丹尼爾一點兒也不像熱愛和平的精靈。

可此刻，身邊的人都發出了熱烈的歡呼！

「做得好！」

「這一箭太漂亮了！」

可惜他們很快便發現這奪命的一箭，竟然沒有對奧布里造成任何傷害！

奧布里再次發出響亮的笑聲，他伸手拔出插在額頭上的箭，只見流著黑色血液的血洞正迅速癒合。

然而不待他說話，丹尼爾又是「嗖嗖」兩箭射來。其他精靈族也像受到啓發似地，陸續將箭矢射到奧布里身上，讓他變得像刺蝟一般。

雖然這樣仍要不了他的命，奧布里卻覺得被羞辱而怒不可遏。他拔升了飛行高度，避開接二連三射來的箭矢，但卻避不開龍王噴出來的龍炎。

於是特意過來挑釁的奧布里，便在龍炎中燒成了灰燼！

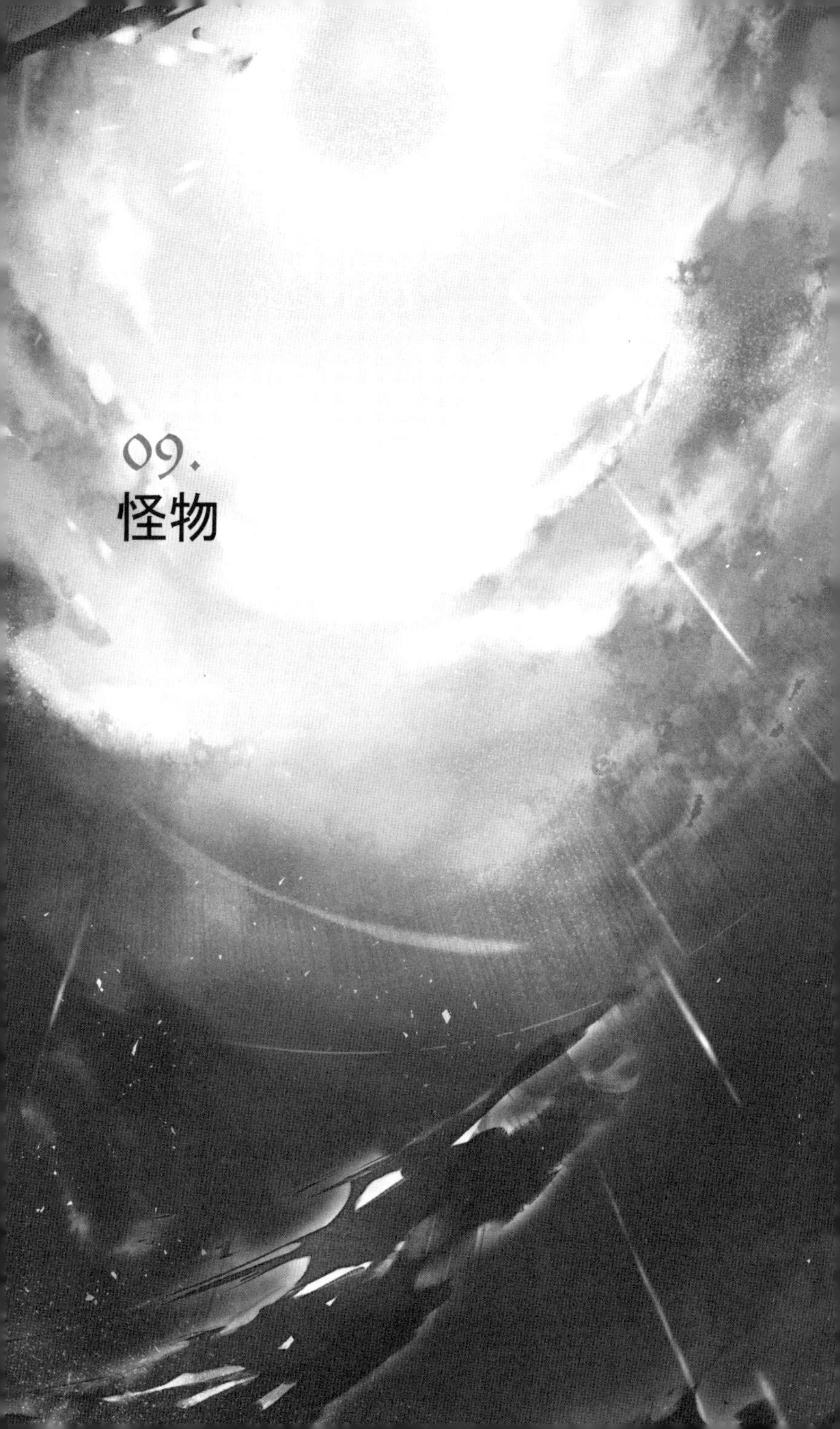

09.
怪物

可惜這不是巫妖的終結，在命匣的力量下，奧布里在手持命匣的艾尼賽斯身邊復活了。

艾尼賽斯冷眼旁觀了整個過程，客觀地評價：「即使變成巫妖，你的戰鬥力還是太弱了。」

奧布里擅長陰謀詭計，但戰力卻算不上頂尖。這在一直追求變強的艾尼賽斯眼中實在很不可思議，他不明白爲什麼自己的學生寧願花費心力去做這麼多迂迴的事，也不好好提升一下自己的實力？

只能說，人各有志吧？

雖然艾尼賽斯說的是事實，可聽在奧布里耳中卻是逆耳的話。特別是在闇黑之神將要降臨、奧布里對艾尼賽斯生出了競爭意識的現在。

他很不高興地回嗆：「我是沒有你強，可別忘記是我用那些你看不順眼的陰謀詭計，成功以暗黑藥劑污染精靈女王的！」

奧布里覺得光是這個成就，已足夠他吹噓一輩子。

艾尼賽斯的注意力卻沒有放在奧布里身上，似乎看見一些很令他意外的事物。

只見艾尼賽斯手一揮，二人面前出現了一道魔法形成的光幕，他道：「潘蜜拉剛剛發現一件有趣的事情。」

這道魔法光幕連接著骨龍的視覺，在光幕中浮現著一隊從城鎮往深淵推進的人馬。他們裝備精良，每一個都有出色的身手，把路上遇到的所有魔族屠殺殆盡。

這隊人馬中，手握弓箭的精靈女王戰果非常亮眼。她的契約植物散發著濃厚的生命氣息，強勢驅散了四周死氣，並與前線的獸王互相配合，收割不少魔族的性命。

艾尼賽斯質問：「你不是說，精靈女王已經被暗黑藥劑污染，城鎮那邊勢必大亂嗎？」

奧布里剛剛才在最討厭的丹尼爾面前炫耀自己的手段呢，想不到打臉來得這麼快。想到爲了達到目的，他甚至付出性命作爲代價，看著光幕中精靈女王大殺四方的模樣，他實在難以接受：「怎麼可能？」

艾尼賽斯冷笑道：「既然你是親眼看著精靈女王被暗黑藥劑感染，那很大機率是藥劑出問題了。奧布里，你被那個妖精小孩給耍了吧？」

奧布里一直以把戴利騙得團團轉爲樂，在他看來，戴利就是一個有點利用價值、也可以讓他打發時間的玩意。

可現在卻發現他看不起、視爲玩具的小孩，狠狠破壞了他完美的計畫，這對於心高氣傲的奧布里來說，比精靈女王這麼快殺入封印之地更讓他無法忍受。

艾尼賽斯見奧布里沒出聲，冷冷說了句：「廢物！」

說罷，不再理會對方，加快速度催動腳下的魔法陣。

本以爲可以拖住城鎮那邊的兵力，想不到奧布里的計謀不堪一擊。艾尼賽斯只得加快輸入魔力，事情來到這一步了，可不能讓人阻止！

只要連接了深淵，讓魔法大陸被魔族統治，那麼世界的規則便會重新洗牌。

到時候，艾尼賽斯所喜歡的陰暗、死亡、暴力才是世界的主流。他作爲將黑暗引入魔法大陸的一員，也會獲得至高無上的地位！

第一次獲得有關闇黑之神的文獻時，艾尼賽斯便對魔族這種從最純粹的黑暗中誕生的物種著迷不已。

他決心要創造一個新的世界，一個符合他喜好的世界！

這麼多年過去，這與其說是艾尼賽斯的執著，不如說已經成爲他生命的意義。

艾尼賽斯願意爲了這個理想付出任何犧牲！

他發現城鎮那邊的兵力推進得很快，再這麼下去，在他成功連繫兩個世界以前，敵人便會攻來深淵了。

這麼下去不行……

有什麼東西、有誰可以阻止他們？

至少，要讓闇黑之神順利降臨……

這麼想著的艾尼賽斯不僅往魔法陣輸送魔力，甚至還把自己的生命塡補進去。

他一頭火紅的頭髮漸漸變白，人也肉眼可見地變得虛弱，就像火焰燃燒殆盡，只留下帶著餘溫的灰燼。

一旁的奧布里眼珠一轉，頓時生出歹意。只是還不待他付諸實行，骨龍便像守護神似地降落在艾尼賽斯身邊，燃燒著魂火的空洞眼眶虎視眈眈地盯著奧布里。

奧布里只得打消他的小心思，並期待他的神明降臨。

很快通道便被魔法陣徹底打開，大批魔族爭先恐後地擁出。同時，那道佇立在深淵上方的黑影也動了。

它扭動著觸手往前，這個虛幻的影子在穿越通道的瞬間變成了一個巨大、人們無法直視與理解的怪物！

它擁有眾多噁心的觸手，這些觸手非常靈活，每走一步，怪物都會用觸手刺穿地面的魔族，並把它們當作食物般吞噬。

只是眾人無法知道它是怎樣進食的，因爲他們沒辦法直視怪物的身體，只要視線往它看去，立即會感到暈眩，眼睛也像針刺般疼痛。

憑著精靈族卓越的視力，丹尼爾遠遠往怪物看了一眼……結果便被刺到了。

這東西實在邪門！

怪物的氣勢太過強盛，與其說它是魔族，不如說它就像是深淵的具現——強大又邪惡。

只是它似乎無法習慣魔法大陸的環境，一開始並無任何異狀，但過了一會觸手竟開始融化。並不是冰塊融化那種方式，而是腐屍活動時，肉塊從身體剝落的狀況。即使無法細看它的身體，光是看那些融化的觸手已經夠噁心了。

再加上這怪物的高調出現拉足了仇恨，巨龍們對著它瘋狂攻擊。被龍炎炙燒的皮肉加快剝落，有些地方甚至露出裡面的白骨。四周頓時瀰漫一種腐肉被燃燒後的酸臭與焦灼的氣味，令人反胃。

精靈族都喜歡美麗的事物，即使是奧布里這個長歪了的精靈也不例外，立即被怪物的外形醜到了：「這是什麼？也太噁心了吧？」

然而艾尼賽斯卻責備他：「你怎能對闇黑之神不敬呢？」

奧布里目瞪口呆地指向怪物：「你說這是闇黑之神？不可能！」

身為艾尼賽斯的弟子，奧布里自然也接觸過不少邪教文獻，裡面描述的闇黑之神明明是一個強大無比、俊美非凡的神祇，怎會是眼前的噁心東西!?

可艾尼賽斯卻對此毫不意外，他曾在人類國度住了很長的時間，甚至還當過正經八百的官員，對其中內情可比奧布里了解更多。

之前不說，是因爲覺得沒必要。見奧布里這麼仰慕闇黑之神，他更不會告知對方眞相，讓他爲闇黑之神的降臨好好出力。

現在瞞不住、也沒必要隱瞞了，艾尼賽斯便將眞相如實告之：「邪教的文獻是我撰寫的，不把事情美化一些，又怎能騙那些信徒付出性命呢？」

說罷，艾尼賽斯又解釋：「不過也不完全是騙人，闇黑之神確實存在過。祂原本是個驚才絕豔的人類，因爲實力過於強大而被敬畏與恐懼，信仰之力的積累最終讓祂成爲了神明。只是那個年代除了祂，還有一個受人類崇拜的眞神。傳說眞神與闇黑之神相鬥，最後雙雙殞落。戰後闇黑之神在魔法大陸殘留了部分黑暗能量，眞神爲免這些力量侵蝕大陸，便把它封印在其他空間，這便是最初的深淵。」

最後艾尼賽斯總結：「這一位便是繼承了黑暗力量的魔族中，最爲強大的一位，不正是闇黑之神的繼任者了嗎？」

奧布里聞言，不禁對眞正的闇黑之神更加敬畏。只是戰鬥留下來的部分力量便孕育出深淵，祂無意中造就了一個充滿死氣與魔族的世界，這是怎樣強大的強者！

愈是崇拜闇黑之神，奧布里便愈是無法接受眼前的怪物是他一直信仰著、費盡心思讓其降臨到魔法大陸的神祇！

他被騙了！

怪物可不知道奧布里對它的不滿，即使知道也無心理會。它正忙著舞動觸手，想抓住攻擊自己的巨龍。

別看龍族體型龐大，便誤以爲他們的行動很笨拙。天空是巨龍的主場，飛翔於天空的巨龍就像水中的游魚般敏捷，輕易閃過了怪物的攻擊。

怪物見抓不到巨龍，竟然改變了攻擊對象，觸手橫掃地面，敵我不分地把所有地面上的人與魔族捲起吞噬。

很快地，怪物四周的土地便被它清空一片，它「吃掉」的東西變多了，傷口也隨之恢復，顯然是吸收掉的東西化成了自己的血肉。

奧布里看得直皺眉：「你處心積慮地召喚這種東西，到底想幹什麼？」

到了此時，艾尼賽斯終於說出他最深的渴望：「當然是召喚神明，然後……成爲神明啊！」

他要成爲創造新世界、訂立規則的神祇！

奧布里還沒來得及理解艾尼賽斯這番話的意思，便見對方化成了龍形，並直直向著怪物飛去！

怪物已經殺瘋了，它六親不認地渴求著新鮮的血肉，艾尼賽斯這麼飛過去，下場可想而知。

然而他不用怪物的觸手抓他，艾尼賽斯直接撞進了它的身體，主動被它吞噬。

眾人看得驚疑不定，不明白艾尼賽斯怎麼突然自殺了。

怪物消化艾尼賽斯後，外貌產生了變化，觸手漸漸收攏起來，竟開始變成巨龍的外形。

只是它終究沒有變得與巨龍一樣，而是變成了背部有著幾條觸手、皮膚布滿疙瘩的怪物，看起來不比之前好看多少。

與艾尼賽斯融合後，它似乎適應了魔法大陸的環境，皮肉沒有繼續融化。最詭異的是，眾人看到它的胸口隱約浮現一顆人頭，雖然無法細看，但輪廓像是艾尼賽斯的臉！

隨著外形的轉變，怪物似乎也變得聰明起來。它不再輕易被龍族的假動作騙到，甚至還能噴出充滿黑暗氣息的龍炎！

龍王見狀，忍不住喃喃自語：「到底是它吞噬了艾尼賽斯，還是艾尼賽斯吞噬了它？」

細思極恐。

怪物力量強悍，再加上這片充滿死氣的土地是它的主場，自從怪物能夠噴出龍炎後，便有了更有效的攻擊手段，龍族開始失去優勢。

此時，獸王與精靈女王率領的大軍已經趕至。他們邊斬殺四周魔族，邊與丹尼爾等人會合。

眼看大量魔族死在軍隊劍下，怪物換了攻擊的目標，無視龍族對自己的滋擾，直往地面部隊攻去！

跑動的怪物看起來就像隻畸形的蜥蜴，它寧可承受龍炎的燒灼，也要先消滅這些讓人厭煩的軍隊，畢竟侵佔魔法大陸還需要這些魔族的力量，可不能讓軍隊把它們攔截在這裡。

它要讓戰火蔓延開去！

怪物對著軍隊最爲密集之處噴出充滿死亡氣息的龍炎！

附近幾名龍族及時飛到怪物與軍隊之間，並以龍炎還擊。可他們心裡清楚自己的力量比不上這隻怪物，加上死氣對光明以外的所有元素充滿壓制力，只怕他們的龍炎不足以抵銷對方這擊的威力。

兩邊火焰相撞後，龍炎果然只能稍微緩下魔炎的攻勢。怪物的魔炎壓倒性地吞沒了龍族的龍炎後，滾滾烈焰繼續向著他們的方向推進！

可這些龍族卻沒有逃，他們已有了赴死的準備。龍的身體足夠堅硬，也有著強悍的魔防。他們只希望用身體阻擋魔炎，說不定能夠爲身後的友軍帶來一線生機，也能給予他們更多的撤退時間。

被他們護著的士兵目眥盡裂，龍族戰士願意爲他們犧牲，可他們卻不願意對方爲了保護他們而失去性命！

「不！」

「快躲開！」

「別管我們了！」

讓龍族躲開的聲音此起彼落，然而阻攔在魔炎前的龍族卻沒有任何一人離開。

精靈族的隊伍中，諾亞不慌不忙地輕聲說道：「沒關係的……他來了。」

一道充滿光明之力的金色光盾擋住了魔炎，在黑霧之中，祭司騎著巨龍而來，高舉的權杖驅散了黑暗。

就跟白色使者在很久以前看見的預言一般，聖潔又耀眼。

當年諾亞察覺到邪教的危害，曾想出手阻止對方的計畫。

可惜全世界都知道白色使者擅於觀察星象，並從中獲得有關未來的隻字片語——儘管可能很模糊——艾尼賽斯當然早已有所對策。黑魔法之所以難纏，是因爲使用它們的人往往能夠不計代價、不計犧牲與道德地行事。

邪教不知用了什麼手段屏蔽星象，當諾亞察覺到不妥時，事情已經無力回天。

他當時立即往人類帝國走一趟，並與安德烈商議過，知道對方已有安排。即使是最惡劣的情況，也能爲人類留下火種。

諾亞也是在那時候與艾德認識的。

第一眼見到艾德，諾亞便知道這是個受光明神眷顧的人，他會是驅逐魔族的關鍵。

艾德的失憶是魔法施行時出的小差錯，可諾亞更覺得這是命運的使然。

因爲無論諾亞進行再多次預言，指示出的只有艾德在經歷了失憶、孤獨、背叛、死去、復活等苦難，才能眞正使用聖物的力量。

所以諾亞只是待在艾德的身邊，在必要時引導事情的發展。

諾亞心裡充滿感慨之際，光盾已穩穩地擋下魔炎。巨大的怪物發出一陣震耳欲聾的吼叫聲後，竟然口吐人言地怒吼：「艾德！你又來壞我的好事！」

眾人驚訝於怪物竟然能夠說話，也震驚於它所說的內容。

前線戰士誰不知道曾經出現過一個能夠剋制魔族的人類祭司？他們很多人都感嘆要是艾德沒死，也許戰鬥便能夠變得輕鬆許多。

誰知道現在卻從怪物口中聽到這名死去祭司的名字。

他不是死了嗎？

相較於其他人的驚訝，冒險者們都露出一種複雜的神情。就像是多年的美夢終於成真，只是夢境太美了，讓他們有些難以置信。

過了一會，貝琳才反應過來。這個堅強的女生終於忍不住她的眼淚，因爲同伴的歸來喜極而泣。

「眞的是艾德！他眞的復活了！」埃蒙高興地露出大大的笑容，自從艾德死去以後，他已經很久沒有露出這種毫無陰霾的笑顏了。

丹尼爾嫌棄地看了埃蒙一眼，覺得對方這副模樣實在有些傻。可很快地，他也忍不住非常高興地笑了出來。

艾德似有所感地往某個方向看去，竟順利從眾多戰士中與冒險者們對上視線。

看到他們因爲自己的出現如此高興，艾德心裡一暖，突然覺得自己復活後鑽牛角尖，賭氣地不與他們聯絡的舉動眞的有些過分了。

即使生氣，也應該氣背叛自己的布倫特，怎麼還讓丹尼爾他們跟著一起傷心難過呢？

想到布倫特因爲私心而引發的連串事件，雖然對方沒想過害人，動機也情有可原……但還是有些生氣啊！

艾德拿權杖用力敲了敲龍背。

布倫特：「？」

艾德的心情怎麼好像突然變差了？

站在艾德肩膀的上雪糰注意到他的動作，好奇地歪了歪頭：「啾？」

另一邊，怪物再次向艾德噴出了魔炎，但依舊被光盾所擋。之前魔炎剋制龍炎，怪物說有多囂張便有多囂張。現在看到它反被艾德的光明力量剋制，實是非常解氣。

艾德拿出金色小花，並將它放到雪糰的頭上，道：「你跟著丹尼爾，看看地面有哪些傷者需要幫助。」

雪糰的療傷能力不高，但有了金色小花補充聖光，應該能夠治療更多傷患。

雪糰聞言蹭了蹭艾德，便拍動翅膀飛去找丹尼爾。

安置好雪糰以後，艾德讓布倫特飛到怪物面前。

巨龍體型絕對不小，然而在從深淵而來的龐然大物面前，竟然像隻小鳥一般，由此可以看出怪物到底有多大。

不過艾德與布倫特氣勢上卻絲毫不輸，艾德是唯一一個可以直視怪物的人，他看著怪物胸口艾尼賽斯的臉，確定了雙方融合時是艾尼賽斯佔了上風。

不是怪物吞噬他，而是艾尼賽斯將怪物「吃掉」了。

艾德嘲諷道：「這副醜陋又可悲的模樣，就是你寧願獻祭一個種族也要達成的心願嗎？」

這般質問下，那張臉竟然張開眼睛，開口道：「你不會明白因為弱小而低人一等的感覺，現在我獲得了夢寐以求的力量，可以創造理想世界的力量！」

艾德心想，他怎會不明白弱小無助的感覺呢？

別以為他是皇子，人人都會捧著他，相反地，正因為他身為皇子，卻總讓人覺得他配不上這個位子，又欺負他年幼體弱，艾德可是從小聽著自己老是拖皇兄後腿的嘲諷長大的。

只是有些人會因為挫折而更加努力，想成為更好的人。有的人卻滿心怨恨，試圖走捷徑以獲得報復的力量。

艾德不理解艾尼賽斯的想法，更不明白他的選擇。但是既然對方走到了魔法大陸所有生靈的對立面，只要把人打倒就好！

這麼想著，艾德那雙總是溫和無比的紫藍色眸子中，難得出現了刺骨的殺意！

艾尼賽斯顯然也是這麼想的，此時它再也看不見其他敵人了，只盯著艾德攻擊。

不過怪物的身體很龐大沒錯，力氣與魔力也今非昔比，然而這個身體有一個很大的缺點，就是速度慢。

艾尼賽斯身上最靈活的是背上的觸手，簡直就像有生命又致命的鞭子。除此以外，便沒有稱得上「靈活」之處了。

因此它雖有強悍的攻擊力，布倫特與艾德並不畏懼。

它的觸手很靈巧，可龍族是天空之主，飛行速度不慢。布倫特在空中閃躲騰挪，讓觸手的攻擊全都落空，沒有被傷到分毫。

至於艾尼賽斯的魔炎，則完全遭艾德剋制。反倒是龍炎雖然無法對它造成很大的傷害，但艾德與布倫特合作無間，艾尼賽斯受傷後，艾德便會舉起權杖給它來個治療術。

艾德當然不是想治好對手，對於與魔族融合、徹底變成黑暗生物的艾尼賽斯，聖光是劇毒，即使是治療術也一樣！

滴水穿石，再小的傷勢累積起來也會可怕，艾尼賽斯開始有些吃不消。

爲什麼艾德的聖光，殺傷力如此巨大？

是權杖的問題嗎？

這樣下去不行……

不應該是這樣的，我不應該是這副狼狽的模樣！

還可以再進化！我還能繼續變強！

艾尼賽斯觸手瘋狂舞動，然而這一次它沒有攻向布倫特與艾德，而是抓住了四周的魔族。

有什麼補品，比同根同源的更好吸收呢？

10.
登基大典

艾尼賽斯瘋狂把抓到的魔族塞入體內，畫面實在過於血腥與噁心，即使戰場上多是身經百戰的戰士，也看得一陣反胃。

很快地，魔族被艾尼賽斯清空了一大片，它殺死的魔族說不定還比士兵們殺死的多。讓人不得不懷疑艾尼賽斯大開深淵之門，到底是不是為了讓「食材」過來，好美美地吃一頓自助餐。

隨著吞噬的魔族變多了，艾尼賽斯的外貌再次產生變化。不知是不是融合的元素太多，它就像將十多隻不同魔物斬碎再縫合的物體。

它的身上還生出巨大肉瘤，這些肉瘤如同有生命般不停抖動，然後「啪」地爆破，裡面伴著血水生出了新的肢體。

雖說最初與怪物融合時，艾尼賽斯的意識佔了上風，這卻並不代表他沒有受到影響。現在吞噬的魔族多了，艾尼賽斯逐漸被同化，變得愈來愈瘋狂，腦海中似乎只剩下「吞噬，繼續進化」等執念。

不久，四周再也沒有魔族供它進食，艾尼賽斯把觸手與新生的肢體伸向更遠處，竟抓到了出乎意料的東西。

它把抓住的巫妖放在人臉面前看了良久，這才用呆滯的聲調說道：「哦……是奧布里啊……」

奧布里在艾尼賽斯掌中瑟瑟發抖，就怕對方一言不合便像吃掉其他魔族一樣，吞噬自己。

現在奧布里真的腸子也悔青了，明明這天應該是他人生中最意氣風發的時刻，可他只恨不得將時間退回艾尼賽斯打開深淵通道之前！

情況已經完全失控！艾尼賽斯瘋了……或者說，現在眼前的怪物還是「艾尼賽斯」嗎？

以這副失去理智的模樣存在，即使變得再強有什麼意思？

奧布里努力保持鎮定，見艾尼賽斯似乎勉強可以溝通，便以溫柔的語氣想安撫對方：「對，我是奧布里，是你的學生。」

艾尼賽斯看了奧布里一會，突然動了！

看它的動作，顯然也是要把奧布里像那些魔族一樣吞掉！

奧布里還以爲自己安撫住對方，想不到安靜不到兩秒，對方又再次發瘋。

如果被艾尼賽斯吞噬，與死亡也沒有分別了。然而這不是最可怕的，奧布里更怕自己仍保有一、兩分意識，卻困在怪物身體裡，這才是眞正的生不如死！

到了絕境，奧布里不再猶豫，把一直握在手中的光明藥劑直直往怪物身上的人臉撥過去！

艾尼賽斯發出一陣悲鳴，雖然戴利因藥劑莫明外洩，曾在暗黑藥劑上做了手腳，降低它的傳播性，且偷偷研發解藥。然而這個光明藥劑卻是貨眞價實的，效果甚至出乎奧布里的預期。

別說渾身正在冒煙的艾尼賽斯，奧布里只是潑出藥劑，也被它散發出來的光明之力燙傷了。

艾尼賽斯整張臉都被光明藥劑燒燬，劇痛之下鬆了手，奧布里總算成功脫困。

這藥劑本就是爲了殺死艾尼賽斯而製，只是當初奧布里想殺對方的目的是爲了爭權，可在看到所謂的「闇黑之神」後，他一度放棄了這個想法。

想不到兜兜轉轉，最後這個藥劑還是用在了對方身上。

無論是光明還是黑暗，這種藥劑的特點就是侵蝕與同化。藥效就像無法撲滅的光炎，持續對艾尼賽斯造成傷害。可惜怪物的身體太過巨大，抗性也特別高，看起來要不了它的命。

脫困的奧布里還沒來得及鬆口氣，便感到靈魂傳來劇痛，忍不住發出痛苦的哀號。

有人破壞了命匣！

這是奧布里最後一絲念頭，連凶手是誰都不知道，奧布里便灰飛煙滅了。

破壞命匣的骨龍飛到艾尼賽斯身旁，這是它的主人為免被反骨的學生背刺，預先向骨龍下達的命令——當奧布里出現反心時，立即破壞命匣。

骨龍完成了主人的命令，可是下一秒，它就被艾尼賽斯抓住，毫不留情地吞噬掉了。

這一連串事情只用了短短時間，在艾尼賽斯陷入瘋狂時，眾人吃力地躲避漫天舞動的觸手，怕被怪物融合成一員。

結果躲著躲著，敵人那邊有名有姓的大反派就這樣沒了兩個。

什麼叫作躺贏？

這就是躺贏！

只是不待眾人高興，便迎來重傷的艾尼賽斯更加瘋狂的獵食。受傷的它急須補充能量，也不挑食了，無論是魔族還是其他，只要抓到便一口吞噬。

艾德大喊：「趁它受到重創，將它逼回深淵！我有辦法封閉連接兩個世界的通道！」

艾德的話隨著魔法效果傳遍戰場，雖然很多人對艾德的話半信半疑，畢竟這些年來也有很多人研究如何封閉通道，卻沒有人成功，怎麼突然便找到辦法了呢？

不過無論通道能否封閉，的確不能再任由這發瘋的怪物繼續作亂了！

隨著艾德的號召，各式各樣的攻擊同時往艾尼賽斯攻去！

野獸的撕咬與衝撞、如雨般的箭矢、滾滾而至的龍炎，眾人施展渾身解數，將艾尼賽斯逼得慢慢往後退去。

每當艾尼賽斯想要反擊，艾德便給它來道聖光。聖光激發怪物體內的光明藥劑，立即對它造成巨大創傷，也及時止住它的攻擊。

不僅如此，祭司的祝福讓眾人的攻擊不再受屬性影響，最後艾尼賽斯只能收攏觸手與肢體擋在身前防護，被攻擊得不斷後退。

他們有意地引導艾尼賽斯退向深淵的位置，只是艾德這方也到了強弩之末。魔力耗盡、爪牙磨損、拿弓箭的指尖出血……眾人幾乎是靠著意志力支撐，才能繼續攻擊。

他們心裡只有一個念頭——那個人類祭司說可以關閉空間通道！

無論是真是假，他們都需要這個盼望來支撐他們繼續下去。

艾德的話在眾人的心裡就是一道光，是希望。

終於，他們不負艾德所託，艾尼賽斯大半個身體都退回了深淵中。

就在此時，艾德出手了！

他心口位置光芒大盛，艾德摀住了胸口，隨即毫不遲疑地將那道金光從身體拉扯出來，並與權杖合而爲一。

屬於大祭司的權杖頓時變了模樣，它的頂端閃耀著亮眼的八芒星，就像放上了一個小太陽一樣！

艾德高舉權杖，道：「祭司艾德，在此將聖物獻給光明神，願光明與大家同在！」

邪教徒爲了召喚闇黑之神降臨，試圖血腥獻祭一個種族。

艾德爲了驅逐黑暗，則選擇把聖物獻給了信仰的神明。

是的，將聖物分離後，艾德沒有親自使用，而是把它託付給光明神。

聖物是曾經的眞神留給人類帝國的禮物，可在眞神離去的悠久歲月中，是光明神選擇留下來守護人類。

光明神就像是眞神的繼任者一般，既然如此，爲什麼聖物由人類掌握，卻不獻給神明呢？

至於說聖物是能夠驅逐魔族的手段，那麼，讓神明出手不比他這個小小的祭司效果更好嗎？

艾德從來不是抓住權力與力量不放的人，既然光明神比自己強大，他也打從心底信賴這位神明，艾德便毫不猶豫地交出了聖物。

隨著艾德的獻祭，權杖上的八芒星爆發出強盛光芒，原本已經像顆小太陽般耀眼的金光，此刻更是佔據所有人的視線。

這股光芒雖然閃耀卻不刺眼，不會讓人眼睛睜不開，更神奇的是，觸目所及的一片金光有些像艾德他們啓動石碑後，進入幻境中的模樣。

金光中的艾德覺得自己就像泡在溫水裡，感到溫暖又舒服。因爲戰鬥而枯竭的魔力瞬間盈滿，整個人立即恢復到全盛狀態。

隨即，他看到了一道由光芒集結而成的虛影。

祂的聲音在艾德心裡響起，聽不出性別，也聽不出年紀：「沒事了。」

艾德激動得心臟怦怦亂跳，他知道眼前的虛影是誰。想跟對方說些話，可卻一時之間不知道該說什麼，即使心裡有著千言萬語，然而最後脫口而出的只有簡短、充滿眞心實意的一句：「感謝您。」

感謝您沒有放棄人類。

感謝即使只剩下唯一一名信徒時，您的榮光仍與我同在。

聽到艾德的感謝，虛影愣了愣，然後祂似乎是笑了。

即使在時間的長河中，一個物種的消逝是如此地微不足道，但這並不代表光明神對於人類的苦難無動於衷。

正因爲不忍心，在人類已經無法爲祂提供信仰之力的時候，光明神還是沒有離開魔法大陸尋找新的信徒，而是留下來，爲人類照看著他們拚盡全力保留下來的希望種子。

經過漫長的歲月，沒有信仰之力的光明神幾乎虛弱得快要消失時，艾德甦醒過來了。

如果艾德因爲人類滅亡而對光明神失望，那麼光明神只怕會就此消散。然而即使孤身一人、即使遇到再多苦難，祂最寵愛的信徒依然心懷光明，信仰從未動搖。

甚至選擇將聖物獻祭給祂。

光明神是由人類信仰而成，在祂最強盛的時期，力量卻進入了瓶頸。這也是爲什麼光明神選擇化身爲大祭司，在人間歷練的緣故。

結果艾德給予祂一個大大的驚喜，他將皇室代代相傳的聖物獻祭給光明神後，祂的神格終於大成了。

艾德是人類的希望，他又何嘗不是魔法大陸的希望？

同時，他也是光明神的希望。

光明神輕笑道：「艾德，我也要對你說聲『謝謝』。」

感謝你從沒讓我失望。

說罷，光明神的虛影就此消散，艾德也從一片金光的空間回歸到戰場。

深淵已被封閉，以艾尼賽斯爲首的一眾魔族全都失去了蹤影。也不知道是被遣返回深淵，還是在強大的聖光映照下化爲飛灰了。

只是這裡的空間卻沒有變得寬敞，反而更加擠擁。

戰場上出現了很多生面孔。

是人類！

當年那些躲進各大神殿、避過成爲祭品命運的人們，全都在這裡出現了！

他們顯然還不知道發生了什麼事，全都茫然地看著四周，與精靈女王等人面面相覷。

驟然看到這麼多同胞，艾德眼眶通紅，正要說話，耳邊卻聽到奇怪的碎裂聲。

只見原本深淵的位置、現在是眾多人類站立的土地上，出現愈來愈多裂縫。

眾人：「……」

是他們逼退艾尼賽斯時，把地面弄碎了嗎!?

地面裂縫愈來愈大，可憐的一眾人類還沒弄清楚狀況便開始了大逃亡。看到他們驚叫連連地四處逃竄，其他種族的戰士也瞬間驚醒，立即衝前救人。

會飛翔的龍族直接救起處於中心位置的人類，其他人則從旁側協助人們離開。

龍族盡力運載更多的人，像艾德旁邊的龍便嚴重超載。那頭青龍甚至要用尾巴捲住坐在龍背最後的幾人，不讓對方掉下來。

原本是因爲這幅情景有趣又溫馨，艾德才忍不住多看兩眼，只是愈看，他愈覺得這頭有著鋼黑眼眸的青龍有些眼熟。再加上青龍發現他的注視後閃躲的眼神，令艾德不由得把心裡的猜測說了出來：「賽德里克？」

這傢伙不是說當龍騎士是恥辱，這輩子都不會再讓任何人攀上龍背了嗎？

布倫特輕笑道：「是賽德里克沒錯。」

賽德里克狠狠瞪了艾德與布倫特一眼，拍動著翅膀加快了飛行速度，將他們甩到了身後。

艾德忍不住笑了，不是嘲諷的笑，而是充滿欣慰的笑容。

各種族都說討厭人類，可是在人們遇難時，還是拚盡全力營救。

雖然人類中的確有邪惡的邪教徒，可他們大部分都是不知情的受害者，還是被艾尼賽斯當成祭品的倒楣蛋呢！

現在已弄清楚邪教的起源，人類揹了這麼多年的鍋……也終於可以平反了吧？

事情也的確如艾德所想，人類一洗多年來的污名，他們的回歸獲得了魔法大陸上各種族的歡迎。

那些原本屬於人類的土地被全數歸還，更因多年來的誤解，再加上艾德這段時間結下的善緣，各族自發地爲人類重建國家提供不少協助。

而艾德，也理所當然地被倖存下來的人民推舉爲新一任的皇帝。

這並不單純因爲艾德是唯一殘存的皇族血脈，當他們了解這些年來發生的事情後，由衷地敬佩著這位單憑一己之力，揹負人類命運的皇子殿下。

更何況艾德身爲人類、身爲「整個大陸最惹人厭惡」的種族，卻仍能與各種族結下深厚的友誼，並獲取眾人的信任。現在帝國成立所獲得的幫助，很大原因都是看在艾德的份上，有著一位與各種族首領關係良好的君主，更能引領國家往好的方向前進。

這段時間既要安頓人民，又要安排登基的事，艾德忙得恨不得一個人能變成好幾個來工作。而忙碌的工作，有效地沖淡了他失去安德烈的傷痛。

最後的石碑不是由艾德啓動的，存於其中的第一段幻境是來自大祭司的回憶。因此艾德恢復記憶時，並不包括這段幻境的內容。

所以人類倖存者出現後，艾德滿懷希望地尋找兄長的身影。可惜遍尋不著，最後得知安德烈沒有像他一樣躲進魔法空間，而是作爲人類帝國的帝王奮戰到最後一刻。

原來……在安德烈目送艾德進入獨立空間時，早已有了死志。

本以爲可以與兄長重逢，然而這終究只是奢望。艾德深受打擊，過了好幾天才重新振作起來。

艾德爲自己打氣，他現在是人類帝國的準國君，揹負著復興人類的重任，可不能讓悲傷壓倒自己！

這些人民是兄長交給他的責任，也是珍貴無比的寶物，艾德絕不能辜負這份責任與心思。

見艾德重新振作起來，再次努力投入建設國家的工作，一眾臣子既感欣慰，同時又覺得心疼無比。在這種複雜的心情下，他們更加賣力工作了。只想再努力一點，好分擔艾德的擔子。

人們努力讓國家往更好的方向發展，雖然現在的人類帝國才剛從破敗中重新站起，但已能讓人隱約看到在艾德的引領下，她將會變得愈來愈強盛。

不知道什麼時候起，艾德有了各種稱號，人們會稱呼他爲「光明之子」、「希望之星」。不僅人類的人民，就連其他種族說到那位人類的準國君時，都會如此稱呼他，帶著滿滿的喜愛與敬意。

接著在皇城重建完畢、國家的一切漸上軌道後，艾德正式登基爲皇。

各種族首領都出席了這場典禮，艾德的好友們當然也不例外。

在與艾德同行的這場冒險中，眾人都成長了不少，也與自身或家族有了和解。

冒險者們經過商議，決定解散冒險小隊。他們回歸了族群，像艾德一樣承擔了新的責任。

獸族在封印之地的結界受到破壞後，收回了當年投入結界的時之刻。然而時之刻魔力早已耗盡，未能找到獸王的轉生。

貝琳與埃蒙受命於獸王，他們正爲此努力，尋找恢復時之刻的方法。

丹尼爾被精靈女王正式列爲繼任者，現在正作爲繼承人努力學習中。

布倫特也回到了龍族。在所有種族中，戰損最嚴重的要屬他們了，連串戰事之下，眾多龍族勇士殞落了，再加上龍族數量本就不多，只怕需要一段漫長時光來休養生息。

值得一提的是，艾德接受了布倫特的道歉，並且主動提出解除主僕契約一事，卻被布倫特拒絕了。

其實作爲主人的一方，艾德是可以單方面解除契約的，但他最終還是遵從布倫特的想法，任由這份契約繼續存在。只是原本用來奴役對方的契約，在艾德這裡卻變成了閒來無事時與布倫特聊天的工具。

至於戴利，他被嚴厲地責備了一番。所幸他的暗黑藥劑沒有眞正造成人命傷亡，眾人看他年紀小，便輕輕放過這事情，只是好一段時間戴利都要接受嚴密的監控，以及思想教育了。

阿諾德身爲戴利的監護人，這次的失職差點讓他被剝奪監護資格，所幸有艾德等人求情，再加上戴利本人極力爭取，最後總算保住了監護人的身分。

所有事情都向著好的方向發展，每個人都爲各自的生活努力著。

登基典禮這一天有著晴朗的好天氣，在眾人的祝福與見證下，艾德戴上了代表權力與責任的皇冠。

看著黑壓壓的人群，這裡有他的朋友，有他的下屬與子民。

他已經不再是孤身一人了。

人們發出了熱烈的歡呼聲，此時天空灑落大片聖光，在眾人的驚呼聲中，一道金色虛影浮現在空中，爲人們降下了溫暖的祝福。

金光璀璨，如同這個從毀滅中重生的國家一般，未來將會在新國君的帶領下，邁向光明！

《光之祭司》全書完

✧後記

大家好！

很開心又完成了一部小說啦，《光之祭司》完結撒花！

《光之祭司09》是一本在疫情之下寫出來的小說，也是一本在家裡隔離期間完成的小說。

是的，我有家人確診了。

疫情持續三年多了，家裡都沒有人確診。我曾經很天真地在想，是不是家裡的人都是天生對新冠病毒有免疫力的「天選之人」呢！

然後家人便確診了……

於是我獲得了冬至陪家人到醫院、聖誕節在家隔離的經歷。

聖誕節那天原本與朋友們在飯店訂了房間開派對，幸好得知確診後，找到其他朋友代替我出席，不然連飯店的錢也白給了，我絕對會哭死的！

朋友的聖誕禮物都是速遞給我的，不過我這邊的禮物卻無法速遞了，只能變成新年禮物再送出啦！

雖然經歷了幾天的兵荒馬亂，所幸確診家人的快篩結果已順利轉回陰性，希望她能夠一直健健康康的。

很高興這本小說陪伴了大家一年多的時間，冒險者們的歷險來到了尾聲。

艾德算是我筆下主角中，比較多災多難的一位。

雖然身體孱弱，可他是個很堅強的人。他的強大在於面對怎樣的逆境也不會放棄希望，即使受到傷害，他依然選擇對世界溫柔以待。

我有思考過結局是寫冒險者們分道揚鑣，還是讓他們一起繼續冒險，開始新的旅程？

最後，還是決定讓冒險者們回到各自的國家／族群。雖然捨不得他們分開，可布倫特幾人之所以成爲冒險者，其中多少有著對族群的逃避。在經歷了這麼多事情後，我希望他們能夠有所成長，挺起胸膛去面對以往一直不願意正視的事情。

天下無不散的筵席，不過在番外特典中，我還是忍不住讓他們再度聚首一堂了。看到角色們走在熟悉的道路上，眞的有種莫名的感動。這一次他們不用揹負拯救世界的責任，就只是一群好朋友高高興興地旅行。即使不再當冒險者，他們依然是最親密無間的戰友呢！

由於疫情的關係，我已經很久沒有與台灣的大家見面了。台灣對入台旅客的限制開始放寬，雖然仍不許香港旅客自由行入境，但可以申請商務簽證。

現在正努力遞交需要的資料，希望書展時可以與大家見面。

第九集出版時應該已是新年了，在此跟大家拜個早年～祝各位福兔迎祥！大吉大利！身體健康！兔年快樂！

香草

國家圖書館出版品預行編目資料

光之祭司 / 香草 著.
——初版. ——台北市：魔豆文化出版：蓋亞文化發行，2023.2
冊； 公分.（Fresh；FS202）
ISBN 978-626-95887-8-7（第九冊：平裝）
857.7 111019869

fresh FS202

光之祭司 9 [完]

作　　者　香草
插　　畫　阿蟬
封面設計　克里斯
助理編輯　林珮緹
總 編 輯　黃致雲
發 行 人　陳常智
出 版 社　魔豆文化有限公司
發　　行　蓋亞文化有限公司
地址：台北市103承德路二段75巷35號1樓
電話：02-2558-5438　傳眞：02-2558-5439
電子信箱：gaea@gaeabooks.com.tw
投稿信箱：editor@gaeabooks.com.tw
郵撥帳號 19769541　戶名：蓋亞文化有限公司
法律顧問　宇達經貿法律事務所
總 經 銷　聯合發行股份有限公司
地址：新北市新店區寶橋路二三五巷六弄六號二樓
電話：02-2917-8022　傳眞：02-2915-6275
港澳地區　一代匯集
地址：九龍旺角塘尾道64號龍駒企業大廈10樓B&D室
電話：+852-2783-8102　傳眞：+852-2396-0050
初版一刷　2023年 2月
定　　價　新台幣 199 元
Published and printed in Taiwan

ISBN 978-626-95887-8-7

FS202

光之祭司 9 [完]

魔豆文化　讀者迴響

感謝您在茫茫書海中選擇了魔豆，您的支持是我們最大的動力。
不要缺席喔，讓我們一起乘著夢想的羽翼，穿越時空遨遊天地！

姓名：　　性別：□男□女　　出生日期：　年　月　日
聯絡電話：　　手機：
學歷：□小學□國中□高中□大學□研究所　　職業：
E-mail：　　（請正確填寫）
通訊地址：□□□
本書購自：　　縣市　　書店
何處得知本書消息：□逛書店□親友推薦□DM廣告□網路□雜誌報導
是否購買過魔豆其他書籍：□是，書名：　　□否，首次購買
購買本書的動機是：□封面很吸引人□書名取得很讚□喜歡作者□價格便宜 □其他
是否參加過魔豆所舉辦的活動： □有，參加過　　場　　□無，因爲
喜歡出版社製作什麼樣的贈品： □書卡□文具用品□衣服□作者簽名□海報□無所謂□其他：
您對本書的意見： ◎內容／□滿意□尚可□待改進　　◎編輯／□滿意□尚可□待改進 ◎封面設計／□滿意□尚可□待改進　◎定價／□滿意□尚可□待改進
推薦好友，讓他們一起分享出版訊息，享有購書優惠 1.姓名：　　e-mail： 2.姓名：　　e-mail：
其他建議：

廣告回信 郵資免付
台北郵局登記證
台北廣字第00675號

TO：魔豆文化有限公司　收

103 台北市承德路二段75巷35號1樓

魔豆

魔豆

魔豆

魔豆